FOR LAN
(fic)
49/23   w   £3-

THIS IS NOT A LOVE SONG

DU MÊME AUTEUR

Accès direct à la plage, Delphine Montalant, 2002,
    Pocket, 2004
1979, Delphine Montalant, 2004, Pocket, 2005
Juke-Box, Robert Laffont, 2004, Pocket, 2006
Un minuscule inventaire, Robert Laffont, 2005,
    Pocket, 2007
Passage du gué, Robert Laffont, 2006

Jean-Philippe Blondel

THIS IS NOT
A LOVE SONG

roman

ROBERT LAFFONT

J'en ai eu le souffle coupé.

J'ai aperçu mon reflet dans le miroir. J'incarnais plutôt bien l'archétype de la surprise. Les sourcils en accent circonflexe, les yeux écarquillés, le corps arrêté net dans le mouvement.

J'ai ouvert la bouche pour prononcer « quoi ? », et c'est là qu'elle s'est mise à rire. Elle a un rire contagieux, ma femme. Une vague ronde et sonore qui vient du ventre et qui, petit à petit, se déploie en cascades chaleureuses et légères.

Elle a secoué la tête et elle s'est essuyé le coin de l'œil gauche. Elle a précisé que ce n'était pas le prélude à une rupture ou le prétexte à une aventure quelconque. Simplement, elle avait besoin de souffler un peu. Cela n'avait rien à voir avec moi. Elle s'était dit que passer une semaine chez ses parents avec les filles serait une bonne chose – Sarah adorait aller chez ses grands-parents, et Iris, mon Dieu, Iris était encore un bébé, elle serait contente de se promener en poussette au bord de la mer et puis le soir, il y aurait quelqu'un pour garder les deux monstres et elle, elle pourrait prendre de vraies vacances, sans avoir à se soucier de préparer le dîner ou de ranger le linge. « Ne te vexe pas, mais je rêve d'une semaine où je serais totalement prise en charge. Une semaine où je pourrais enfin lire le soir, j'ai l'impression de ne pas avoir lu de roman depuis des lustres. Une semaine où j'irais me promener seule, où j'irais au cinéma seule. Comme une cure de thalassothérapie mais sans thalasso-thérapie. Et sans cure. Tu comprends ? Allez, main-tenant, bouge, tu fais très mal la statue. »

J'ai bougé.

J'avais beau tenter d'argumenter pour la forme, je comprenais parfaitement ce qu'elle voulait dire. Les derniers temps avaient été harassants. Iris avait très mal dormi pendant les six premiers mois, elle vivait à l'envers, active la nuit, marmotte le jour, un cauchemar pour les parents. Susan s'était mise en disponibilité de son poste d'analyste financière, cela nous avait semblé une idée judicieuse. C'en était une sans doute, mais par moments, ma femme aurait tout donné pour être devant son ordinateur au lieu de bêtifier devant notre fille cadette et de tourner comme un zombie dans la maison. Moi, j'avais eu beaucoup de travail dernièrement. Les Cafés Bleus avaient pris de l'ampleur. Ce qui n'était au départ qu'une paire de fast-foods chic proposant des sandwiches haut de gamme et des gâteaux bio était en passe de devenir une chaîne. Mon nom et celui de mon associé, James, étaient de plus en plus souvent cités en référence. Nous incarnions petit à petit le symbole même de la réussite sociale, libérale et européenne. Du pain bénit pour le New Labour. Un Français et un Anglais associés dans la conquête gastronomique du marché britannique. « Les Cafés Bleus — oh mon Dieu » — les affiches représentant cette femme aux lèvres rouges, la tête renversée sur le dossier d'un siège, une main sur son décolleté et l'autre sur un sandwich, commençaient à fleurir un peu partout à Londres. Et ailleurs.

C'est l'ailleurs qui nous avait beaucoup accaparés cette année. Les demandes de franchises. Et l'expansion nationale. Leeds, Nottingham, Exeter, Hull, Édimbourg, Liverpool. Les succursales poussaient comme des champignons.

Nous prenions traditionnellement nos vacances en août, deux semaines au bord d'une mer plus ou moins froide, française ou grand-bretonne, et puis une semaine à faire des travaux dans notre maison de Hampstead Heath, cette maison dont je ne voulais pas au départ parce qu'elle avait été financée par les parents de Susan, mais à laquelle je m'habituais d'autant mieux désormais que j'entrevoyais la possibilité de les rembourser plus vite que prévu — peut-être même, au train où allaient les choses, d'ici deux ou trois ans.

« Et moi ? » « Toi quoi ? » « Qu'est-ce que je vais faire pendant que tu ne seras pas là ? » « Ce que tu

9

veux, mon chéri, tu es grand et autonome. » « Et si je prenais une semaine de vacances moi aussi ? » « Et pourquoi pas ? » « Tu sais bien que ce n'est pas possible. » « Je ne sais rien du tout. » « Avec les magasins et tout ça. » « Tu m'as dit l'autre soir qu'en fait tu commençais à pouvoir t'absenter plus souvent parce que tu avais délégué de façon efficace. » « Oui, mais ce n'est pas aussi simple. » « Et si tu avais une crise d'appendicite ? » « Hein ? » « Qu'est-ce que tu ferais si tu avais une crise d'appendicite ? Tu gérerais les affaires depuis l'hôpital ? » « Mais je n'ai pas de crise d'appendicite. » « Laisse tomber... Écoute, on n'est plus dans les années soixante-dix, tu prends une semaine avec le mobile, le portable dont tu as tant de mal à te déconnecter, et tu fais un check-up tous les soirs, ou toutes les deux heures si ça t'angoisse. » « C'est des vacances, ça ? » « Stop. Je prends les enfants une semaine et tu te retrouves célibataire pendant sept jours pleins, c'est un cadeau pour lequel tous les hommes que je connais se damneraient, alors maintenant, ta mauvaise foi, tu te la gardes... Tiens, ce que tu pourrais faire, c'est aller voir tes parents... C'est vrai, ils viennent ici, mais nous on n'y va presque jamais, ou alors seulement en coup de vent sur la route des vacances... Ce serait l'occasion. » « Super. Je saute de joie. »

Elle m'a embrassé au coin des lèvres. Elle a murmuré que je n'étais pas le seul à entrer en ligne de compte, pour une fois. Peut-être qu'à eux, ça leur ferait vraiment plaisir. J'ai répliqué que ce qui leur faisait vraiment plaisir, c'était de voir leurs petites-filles. Susan a haussé les épaules. Elle a répondu qu'elle n'en croyait pas un mot. Elle a dit « Tu imagines, quand les filles seront grandes, si elles passent dix ans de leur vie sans jamais venir chez toi autrement que quelques heures ? ». Iris a commencé à pleurnicher dans son transat et Sarah a hurlé depuis le salon que la télécommande du lecteur DVD était nulle. J'ai soupiré et j'ai répondu qu'en fait je ne rêvais que de ça. Dix ans sans les entendre se lamenter sur leur existence de petite fille riche, voilà, ça, ce serait de vraies vacances. Susan a souri. Moi aussi. Incident clos.

J'ai pensé à ma mère.

Ma mère dans une chaise longue en teck, dans son jardin de poche, à l'arrière de la maison. Dans sa robe d'été, des fleurs imprimées – jaunes, vertes, orange –, un chapeau de paille sur le visage. Elle sue un peu sous les aisselles. Elle ronfle légèrement. Une sandale est tombée par terre. Sa poitrine s'affaisse. Ses jambes la font souffrir. Elle a quinze kilos de trop. Elle est vieille.

Susan et ma mère s'entendent à ravir. Cela ne laisse pas de me surprendre. Elles ont ensemble des conversations qu'elles émaillent des mots anglais ou français qu'elles aiment. Elles rient souvent. Le nez de Susan se plisse de plaisir tandis qu'elle déguste les framboises. Ma mère, à ses côtés, tient un petit pot en plastique jaune, un récipient destiné à recueillir les fruits qui restera désespérément vide.
Susan est la fille que ma mère n'a jamais eue et ma mère est pour Susan la mère qu'elle n'aura heu-

reusement jamais. La mère de Susan est l'exact inverse de la mienne. Distinguée, coquette sans excès, experte dans l'art de l'invitation et de la conversation sociale. La seule chose qu'elles ont en commun, c'est cette passion pour leurs petits-enfants et une tendance à céder à absolument tous leurs caprices.

Quand nous nous sommes mariés, nous avons cru que la cérémonie et le choc de la rencontre des familles tourneraient au cauchemar, mais en fait, tout s'est très bien passé. Nous avions omis le poids de l'indulgence et de l'incompréhension xéno-phobes. Les parents de Susan ont excusé tous les écarts comportementaux de mes parents en pen-sant qu'ils étaient « incorrigiblement français ». Les miens ont trouvé les parents de Susan « terrible-ment exotiques ». Ils se sont fait beaucoup de sou-rires et ont prétendu être désolés de ne pas maîtriser suffisamment la langue de l'autre couple pour être capables de mener une vraie conversa-tion. Ils se sont quittés en très bons termes, mais évidemment, ils ne se sont jamais revus depuis.

Les parents de Susan ont de l'argent. Ils en ont toujours eu. Ils sont avocats de père en fils et quand l'un des fils sort du lot, alors il se met à travailler pour de grands groupes financiers à la City. Les miens ont la petite classe moyenne rivée au corps. Leurs grands-parents étaient domestiques, leurs parents ouvriers, eux-mêmes ont réussi à trouver un travail de bureau — et mon père a même monté l'échelle sociale au point d'avoir lui-même sa propre secrétaire, dans la succursale régionale de la SERNAM, le service de transports de marchandises de la SNCF.

La première fois que Susan m'a demandé comment je trouvais mes parents, quel adjectif je leur apposerais, j'ai répondu « prévisibles ». Lorsque j'habitais encore à la maison, il m'arrivait très souvent de parier avec mon frère sur ce que maman allait répliquer, comment papa allait réagir — nous bâtissions tout un dialogue muet. Nous avions raison à chaque fois. Susan, elle, les a trouvés chaleureux. Surtout ma mère. Hélène.

Hélène et Jean — mes parents. Et Jérôme, mon frère.

En fait, en les évoquant, les membres de ma famille prévisible, j'ai ressenti un léger pincement au cœur qui m'a profondément ému et surpris. Surpris parce qu'on m'a assez reproché de ne pas être assez « famille » et de me tenir à l'écart de toutes les célébrations. De ne penser qu'à mon propre cercle. À ce monde que je bâtissais autour de moi. Il le fallait. Je devais saisir cette chance de n'être pas ce que j'étais destiné à être au départ — un glandeur sympathique. Un pique-assiette qu'on aime bien mépriser en douceur. En dix ans, tout a changé. En dix ans, je suis devenu quelqu'un.

Dernièrement, je suis même devenu le chouchou de mon beau-père, qui se vante partout d'être celui qui m'a mis le pied à l'étrier. Celui par qui les médias arrivent. Il faut dire que j'ai le vent en poupe. Il y a quinze jours, j'ai fait la couverture d'un célèbre magazine économique britannique. James et moi. Sur la photo, nous sommes tous deux en costume noir et chemise rouge. Son avant-bras repose sur mon épaule. C'est un très beau cliché. J'en suis l'instigateur. Je me suis souvenu d'un Polaroid d'Étienne et moi, il y a quelques années. Onze, douze ans peut-être.

L'image d'Étienne est passée devant mes yeux — il flottait, souriant et narquois, allongé sur un canapé jaune — et je me suis aperçu que l'idée lancée par ma femme commençait déjà à creuser son tunnel. Une semaine sans enfants ni conjointe, chez mes parents. Revenir à la case départ. Mesurer le chemin parcouru. Se glorifier. Se congratuler intérieurement. Un petit stage d'autosatisfaction et une estime de soi gonflée à bloc. Pourquoi pas, après tout ? Les Cafés Bleus tournaient toujours un peu à vide l'été, lorsque les employés londoniens partaient en congé — James prendrait les décisions qui s'imposaient, comme je l'avais fait l'année dernière quand il s'était absenté au mois d'août.

Sept jours de liberté. Sept jours de bilan. L'occasion de sortir le soir, dans une ville familière, et de retrouver ceux et celles qui avaient peuplé mon enfance et mon adolescence. Faire une virée dans les bars avec mon frère. Inviter mes parents dans le meilleur restaurant de la ville. Croiser Fanny et même sortir boire un café avec elle — être en paix, enfin. Aller courir avec Étienne, le long du canal, reprendre les conversations où nous les avions interrompues.

Je n'étais pas assez idiot pour croire que j'allais baigner dans une douce lumière mordorée et que les angles aigus se seraient émoussés au point de devenir indolores. Je n'étais pas assez naïf pour ne pas imaginer que je m'énerverais contre mes parents et leur lenteur, contre mon frère et son chauvinisme. Ou que Fanny n'avait sans doute aucune envie de me voir. Et qu'Étienne avait d'autres chats à fouetter et m'enverrait paître.

Mais, comme d'habitude, la curiosité l'emportait sur tout le reste.

La curiosité, le voyeurisme – le besoin de m'assurer que j'étais plus heureux que tous ceux que j'avais laissés là-bas.

Alors quand ma femme s'est retournée dans le lit, ce soir-là, et qu'elle a soupiré d'aise pendant que ses muscles se détendaient, j'ai murmuré que c'était une bonne idée et que j'allais probablement suivre son conseil. J'irais passer une semaine en France, chez mes parents.

Cela ne pouvait que leur faire plaisir.

C'était il y a trois semaines. Demain, c'est samedi. Je pars seul pour la France. Je préfère ne pas y penser. Pour l'instant, il faut que je dorme.

SAMEDI

Je n'ai pas fermé l'œil de la nuit. Évidemment. La perspective du retour dans la maison familiale me rend nerveux, comme celle d'arpenter les rues de cette ville dans laquelle je n'ai séjourné que très brièvement durant les dix dernières années. Chaque fois, nous passons en coup de vent. Tous les étés, nous nous arrêtons une journée dans le pavillon de mes parents, idéalement situé à mi-chemin du sud de la France et de l'Angleterre, nous prenons l'apéritif dans le jardin, nous préparons un barbecue, nous donnons de brèves nouvelles de nos vies et nous repartons le lendemain. Eux viennent plus souvent. Deux semaines par an, environ. Une au printemps, une en automne. Mes parents aiment beaucoup le dépaysement que leur procure l'Angleterre. Je crois qu'ils aiment encore davantage me regarder grandir, devenir puissant, un décideur au pays du libéralisme. Ils remercient leur bru, ses parents, le Premier ministre, la Reine et même lady Di dans sa voiture encastrée. Ils s'émerveillent de la maison dans laquelle nous habitons. Ils rient des habitudes ancrées dans nos corps — regarder à gauche, conduire à gauche, ralentir à proximité des passages piétons. De temps à autre, je les surprends, bras dessus bras dessous, dans leurs vêtements achetés en solde, et je sais qu'ils sont fiers de moi. Fiers et surpris. Parce qu'ils ne s'y attendaient pas. Ils s'attendaient même à tout sauf à ça.

J'étais mal parti, avant de partir.

Je prenais de l'âge mais aucune direction. Aucune décision. Aucun plomb dans la cervelle. Je me laissais vivre J'avais quitté le lycée avant de passer le bac, pour devenir ouvreur de cinéma. Le cinéma avait fait faillite quelque temps après, mais je n'y travaillais déjà plus. Entre-temps, j'avais assemblé des jouets en bois, vendu des encyclopédies, lavé des vitres, rempli des rayons de supermarché. Je restais rarement oisif, mais je ne m'accrochais à aucun emploi. J'enchaînais les contrats à durée déterminée et je n'avais aucun projet. Je partageais un F3 au centre-ville avec Étienne, mon meilleur ami — celui avec lequel je m'étais échappé du lycée, celui qui m'avait fait rentrer à ses côtés au Cinéma X4, quatre salles dont une réservée au porno, en sous-sol. C'est la première à avoir fermé. Les magnétoscopes ont eu raison des films qui y étaient projetés.

Neuf ans.

Neuf ans à me laisser bercer de petit boulot en petit boulot. Neuf ans de repas pris sur le pouce

avant de retrouver dans un bar d'autres noctam-
bules sans le sou, artistes semi-professionnels,
surveillants de lycée, futurs ex-self made men,
bâtisseurs de châteaux en Espagne. Certains vieil-
lissaient et décrochaient. On les retrouvait un jour
en train de se promener avec une poussette ou en
costume cravate, une mallette en cuir noir atta-
chée à la main gauche, ils faisaient mine de ne pas
nous voir, nous en riions. Nous en riions, Étienne
et moi. Nous ne savions pas ce que nous allions
devenir, mais nous jurions que nous ne leur res-
semblerions pas. Nous nous laissions porter par la
vague. Nous ne nous posions pas de questions.

Non.
C'est faux.
Il ne se posait pas de questions. *Moi*, si.

Cela avait commencé six mois avant mon
départ. Quand j'avais croisé Franck, mon seul ami
avant Étienne. Avec une fille de trois ans sur les
épaules. En train de lui expliquer que papa avait
une réunion importante et qu'il ne pourrait pas
venir la chercher à l'école, que ce serait mamie qui
s'en chargerait. Papa rentrerait plus tard. Papa
avait du travail. Papa avait sa propre vie. Happé
par sa propre conversation, il ne m'a pas reconnu
tout de suite. Puis je suppose qu'à un moment il
s'est retourné. Il n'a vu que mon dos. Il m'a
appelé. Je ne sais pas pourquoi, je me suis mis à
courir. Je n'avais pas le courage d'affronter la
pente que j'étais en train de descendre.

Depuis ce moment-là, je me retournais dans mon lit sans trouver le sommeil. Pourtant, nous nous couchions tard et dans des états parfois seconds. Étienne trouvait des plans pour l'alcool, pour l'herbe, pour de petits cachets qui rendaient amoureux aussi, de temps à autre. Pourtant, rien de tout cela ne m'aidait vraiment. Sur le moment, oui. Bien sûr. Je m'endormais en communion avec le monde. Je m'enfonçais dans le matelas et j'en soupirais de bonheur. La promesse d'une nuit longue et douce. Je me réveillais une heure ou deux après, en sueur, la bouche pâteuse. Je regardais autour de moi. La chambre aux murs décrépis. La moquette rapiécée. Une odeur de moisi persistante. Ma vie.

Les derniers temps, même les filles ne parvenaient plus à me faire oublier le mur vers lequel je me dirigeais. Je ne pouvais plus baiser que chez elles. Chez moi, tout m'aurait rendu malade. Et même parfois, au plus fort de l'amour, quand je voyais le tas de mes fringues sur le plancher, c'était la débandade. Les excuses. Le doute. Il m'arrivait de plus en plus fréquemment de mimer la jouissance. C'est curieux, les hommes sont obsédés par la possibilité que les filles fassent semblant, alors que les filles ne se posent jamais la question. Pourtant, c'est tout aussi facile. La queue est raide, mais elle n'explose pas. Il suffit de respirer un peu plus bruyamment, de donner quelques coups de boutoir en gémissant et puis de s'affaisser sur le corps féminin avec quelques râles. Se dégager ensuite, elles ont l'habitude que l'homme se détache vite. Dérouler le préservatif encore intact, le cacher au creux de la main puis l'enfouir dans la poubelle en plastique de la salle de bains. Revenir, sourire, aider l'autre à trouver son orgasme quand cela n'a pas été le cas — et là, passer pour le roi des amants, le premier mâle qui se soucie du plaisir de sa partenaire et qui comprend que, parfois, l'acte sexuel chez les filles n'est pas le septième ciel —, souhaiter bonne nuit, se retourner et fixer le mur. Se demander les yeux ouverts ce qui se passe. Et comment sortir de ce cul-de-sac.

J'en ai fixé des murs.

Des papiers peints d'enfance, avec des Snoopy ou des motifs Sarah Kay ; d'autres respirant la révolte, le poster *Why?* à côté d'une affiche annonçant un concert punk dans une cave du centre-ville. D'autres encore, adultes déjà, d'une neutralité suspecte — la chambre pouvait en un clin d'œil se transformer en un cocon pour un enfant à venir. Au bout du compte, aucun motif ne m'a permis de m'endormir sereinement.

Il a fallu Susan.

Il m'a fallu Susan pour m'arracher à Étienne et à la lose.

La première fois que je l'ai vue, elle prenait une bière rousse au Café du Musée. Elle riait fort. Elle était accompagnée de trois autres assistantes anglaises qui venaient de s'établir dans la ville et testaient les lieux nocturnes. Elles effrayaient les garçons. Trop déterminées. Trop bruyantes. On les imaginait tenant tête aux dockers sur le port de Liverpool ou gagnant des concours de crachat dans l'arrière-salle des tripots d'Édimbourg. Personne n'aurait pu croire qu'elles venaient toutes les quatre d'un coin charmant du sud de l'Angleterre et qu'elles appartenaient à une bourgeoisie ayant pignon sur rue depuis des années. Elles profitaient de leur parenthèse française pour se dessaler.

Mais après tout, qu'ai-je fait d'autre que renverser la vapeur quand j'ai suivi Susan en Grande-Bretagne ? Le principal avantage des villes étrangères, c'est que personne ne vous y connaît et que vous pouvez y renaître. Même pas besoin de changer d'identité. Changer d'histoire suffit. Le CV s'étoffe. Les expériences se multiplient. Une aura de mystère attirante vous entoure. C'est votre deuxième chance. Vous la saisissez.

C'était ma dernière chance. Je l'ai prise à bras-le-corps.

Au début, pourtant, ce n'était pas gagné.
La première personne que Susan a repérée ce soir-là, dans le bar, c'est Étienne. Parce que, Étienne, dès qu'il avait un peu bu, devenait une bulle de champagne. Un être pétillant et doré dont la conversation vient ravir l'oreille et dont le goût s'attarde sur le palais. Étienne ne brillait jamais autant que dans les soirées surpeuplées. Il entrait, presque timide, caché derrière moi. Et puis, lente-

ment, la mue s'effectuait. L'alcool s'infiltrant dans son corps le rendait fluide. Il ne buvait pas jusqu'à s'en rendre malade. Il descendait trois ou quatre verres, le temps que la métamorphose s'opère et là, il se laissait bercer par l'ambiance.

J'étais son double inversé.

J'arrivais en forme, prêt à parler, rire et danser. Au bout de deux heures et de quelques verres, je n'entendais plus de la musique, seulement du bruit. Je détaillais les visages des gens dans la salle, je les voyais bouger leurs lèvres et rejeter la tête en arrière, ils ressemblaient aux gargouilles de la cathédrale, tout ce que je pouvais capter, c'était la douleur derrière les rires, les espoirs bientôt déçus dans les mains posées sur un bras. Je devenais sinistre. Je savais qu'il ne me restait plus qu'à sourire en prétendant être ailleurs. Et puis, plus tard, rentrer.

Accompagné ou non. Quelle importance ?

Ce soir-là, donc, c'est lui qu'elle a retenu.

Il n'a pas eu peur de ce groupe de filles. Il s'est présenté. Il a posé des questions. Il les a fait parler de l'Angleterre, de cette envie qui leur avait pris d'aller passer une année à l'étranger. Il les a fait rire. Il se trompait dans le vocabulaire, mais il s'en moquait. Il avait décidé d'être leur ambassadeur français. Elles l'ont adoré. C'était fréquent, cette adoration passagère. Et cela m'agaçait prodigieusement. J'ai quitté la France parce que j'en avais marre de vivre dans l'ombre de mon meilleur ami, une ombre qui m'empêchait de trouver ma place au soleil.

J'ai décidé de rentrer tôt cette nuit-là. Je suis allé régler ce que je devais au comptoir. Susan y était. Elle attendait une autre tournée de bières. Elle m'a demandé en anglais si je partais déjà. J'ai souri. J'ai répondu « À moins que tu ne me retiennes » et elle a levé les yeux au ciel. Alors, je ne sais pas ce qui m'a pris. J'ai ajouté au milieu du brouhaha que j'étais sûr qu'elle était ma dernière chance. Elle a froncé les sourcils. J'ai dit oui, ma dernière chance. Soit tu me remontes à la surface, soit je coule. « Tu veux me faire croire que nous sommes faits l'un pour l'autre ? » « Non, tu es faite pour moi, mais je ne sais pas si je suis fait pour toi. » Elle s'est mise à rire. Elle a murmuré « Les Français, mon Dieu... ». Mais nous nous sommes regardés. Nous n'avons pas oublié ce regard, ni elle ni moi. Il n'a pas suffi à la convaincre − aucun regard ne permet de convaincre − mais il a suffi pour qu'elle suspende son jugement. Qu'elle perde légèrement pied. Qu'elle ne voie plus Étienne du même œil. Qu'elle décline l'invitation à finir la soirée chez lui. Au petit déjeuner, Étienne était seul. Il avait rendez-vous dans l'après-midi avec Jane. Une des trois autres assistantes. Celle qui venait de Bath. Une histoire qui ne durerait que quinze jours et qui se terminerait sans heurts. Jane était fiancée en Angleterre. De retour dans son pays, elle a gardé des contacts étroits avec Susan et moi.

C'est la marraine de Sarah. Ma fille la verra peut-être cette semaine.

*

À la gare de Waterloo, il y a beaucoup de monde. Des Anglais sur le point de partir en vacances. Des Français retournant chez eux. Comme chaque fois, ma langue maternelle me saute au visage. J'aurais aimé l'oublier totalement. J'aurais commencé par perdre certains mots, puis par modifier l'accent des phrases. Ensuite, il m'aurait fallu un moment de réflexion avant de me lancer dans une conversation.

Cela n'est jamais arrivé.

Je n'ai jamais rêvé dans la langue du pays qui m'a adopté et qui m'a tellement fait fantasmer. Je ne suis jamais parvenu à me débarrasser de mes oripeaux d'origine, de cet idiome qui me colle à la peau alors même que je me glisse si facilement dans ma langue adoptive. Je suis devenu bicéphale. Un monstre à deux têtes.

C'est étrange de se retrouver là, dans ce compartiment de première, désœuvré. Seul. J'ai rarement pris l'Eurostar. Lorsque nous allons en France, nous embarquons sur le ferry avec le monospace. C'est par le ferry également que je suis arrivé, il y a dix ans. Je me souviens que je n'ai pas regardé une seule fois les côtes françaises pendant le trajet. Je voulais être tourné vers l'avenir, vers la nouveauté. Susan n'arrêtait pas de me demander si j'allais bien. Et moi, je souriais, je ne répondais rien, je serrais sa main. Je ne voulais pas qu'elle voie la trouille au fond de mes yeux. Le ventre qui se retourne – un uppercut qui coupe la respiration. J'avais vingt-sept ans. J'étais adulte. Responsable de mon existence et de mes choix. Vingt-sept ans, et la peur vissée dans les entrailles.

Ma plus belle surprise, bien sûr, ce fut Susan.

Nous sortions ensemble depuis quatre mois, je lui avais parlé de cette envie de nouveau départ, elle avait accepté de m'aider. Nous habiterions ensemble dans l'appartement de poche qu'elle allait retrouver, pas loin de la gare d'Euston, à Londres. Mais nous étions lucides. Cela ne marcherait peut-être pas entre nous. Je m'acclimaterais peut-être difficilement. J'aurais du mal à survivre loin de mes racines. Elle savait de quoi elle parlait. En France, malgré ses amies, malgré ma présence et bien qu'elle sache que cet exil ne durerait qu'un an, elle avait eu de nombreuses phases de déprime. J'en aurais également. Elle serait là pour m'épauler. Un temps. Mais si notre relation capotait, alors je ne devrais pas m'accrocher à elle comme à une bouée. Il faudrait que je vive ma vie – en Grande-Bretagne, en France ou ailleurs. Je ne nous faisais pas confiance. J'étais convaincu que, dans un an tout au plus, je me retrouverais à nouveau célibataire.

Cela n'a pas été le cas.

Je me suis plongé dans le travail comme je ne l'avais jamais fait auparavant. Je n'étais plus le dilettante sympathique qui vivote au gré des allocations et des contrats. Je suis devenu le stakhanoviste de service, l'homme aux heures supplémentaires, le cumulard. J'ai à nouveau enchaîné les emplois. Un soir, à la fin du service dans le restaurant qui m'employait comme serveur, je suis allé boire un verre avec un collègue qui m'avait à la bonne. Un Britannique pure souche. James. Origine *working class*. Père ancien mineur. Mère servant dans la cantine du lycée où il avait été élève. Nous avons bu. Nous avons échafaudé des scénarios pour gagner de l'argent, tiré des plans sur la comète. Et puis James a dit « Ce qu'il faudrait, c'est une alternative au fast-food, autre chose que les hamburgers, un truc rapide à manger mais de qualité – voilà, de la malbouffe de qualité » – il a éclaté de rire. Pas moi. Tout s'est mis en place dans ma tête. Les rouages, les uns après les autres. Je suis rentré peu après. J'ai passé la nuit sur la table de la cuisine à mettre en place le concept. Je l'ai présenté le lendemain à James. Il est resté silencieux un long moment. Il a demandé comment on allait se débrouiller, pour les fonds. Les banques prêtaient de l'argent dans ce pays, sûr, mais elles exigeaient un retour sur investissement. Et puis le prêt ne couvrirait sans doute pas tout. J'ai hoché la tête. Je savais que le plus dur restait à faire.

Impliquer Susan. Impliquer ses parents. Au risque de faire exploser un couple fragile. Mes futurs beaux-parents ne m'avaient croisé qu'une ou deux fois, sans que leur regard s'attarde. J'étais le « nouveau petit copain de Susan », ah, et j'avais un signe distinctif, j'étais français – sans doute un besoin de découverte sexuelle ou d'exotisme à bas prix.

J'ai respiré un grand coup et je me suis lancé.

Depuis que je résidais dans la Perfide Albion, je n'avais plus peur de rien.

J'avais raison. Mon beau-père a été réticent, mais moins catégorique que je ne l'avais anticipé. Il a accepté de participer au projet. Ce n'était qu'un risque mineur pour lui. Il maniait des milliers de livres sterling toute la journée. Tout a commencé comme ça.

La phrase me traverse l'esprit et s'arrête dans un crissement de mots. La deuxième vie, oui, elle a commencé comme ça. La première, en revanche... La première, c'est une vie sans risques et sans histoire qui s'étire des années soixante-dix aux années quatre-vingt, en province. Des parents fiers des succès de l'aîné des enfants au primaire mais qui déchantent devant les notes au collège, dues à une attitude « à la limite du supportable ». Au lycée, ils se résignent devant l'avalanche de remarques et de reproches. Leur fils aîné est un bon à rien qui préfère passer l'après-midi en ville plutôt que de suivre les cours. Leur fils aîné finit par se faire virer, alors qu'il vivote en première G. Les disputes entre le père et le fils se font de plus en plus fréquentes et de plus en plus violentes. Le fils trouve un premier emploi – il accompagne les cinéphiles à leur place, il nettoie les allées après les séances de minuit, il touche sa première paie, il ne s'offre pas le permis comme ses copains, il prend un appartement. Quand ses camarades passeront le bac, il vivra déjà seul depuis un an. Enfin, seul, non. En colocation, un terme étrange à cette époque-là, un terme qui sent la promiscuité et la pauvreté, un terme suspect. Pendant tout le temps que durera leur cohabitation, le fils aîné et son colocataire devront lutter contre les rumeurs d'homosexualité ou de libertinage. Ils décideront de ne pas lutter. Quant aux parents, ils se tourneront avec espoir vers le cadet qui, lui, passera son bac et fera des études à l'université, deviendra professeur d'histoire et géographie, la fierté de son père et de sa mère − c'est à ce moment-là que l'aîné décidera de disparaître.

Voilà mon histoire.

Jérôme ne serait sûrement pas d'accord avec cette version. Il soutiendrait que rien dans sa vie n'a été planifié par rapport à mes échecs ou à mes succès. Personne ne le croirait.

J'ai un peu de mal avec mon frère.

Nous ne nous comprenons pas. C'est le genre d'homme à avoir toujours suivi la ligne droite pour atteindre son but, et à n'avoir jamais cherché de raccourci. Il a intégré très tôt que la vie n'est pas un lit de roses et il trace sa route avec patience et détermination. On nous a parfois comparés au lièvre et à la tortue. Je jouais le rôle du lapin. Je m'endormais en route. Je batifolais dans les sous-bois. Je perdais la course.

Ce n'est pas aussi simple que ça.

D'abord parce que j'ai souvent été jaloux de mon frère. De son endurance. De sa foi en l'avenir. De sa confiance. Par moments, j'en ai vraiment bavé. De le regarder vivre sans faire trop de bruit. De le voir devenir l'étoile montante, puis l'astre de la famille, quand je n'existais plus que du bout des lèvres. De comprendre qu'il était calmement en train de réussir sa vie alors que j'étais fébrilement en train de manquer le coche.

Ensuite, parce que, finalement, c'est moi qui fais la course en tête, maintenant, et que le lièvre indolent s'est mué en un lapin de garenne audacieux, père de famille responsable et employeur respecté. Tandis que mon frère travaille à la campagne et hésite à demander sa mutation pour un collège de l'agglomération car les élèves y sont, paraît-il, bien plus remuants. Tandis que mon frère ne s'est toujours pas décidé à franchir le pas de la paternité.

Nous avons cinq ans d'écart, Jérôme et moi. Nous n'avons jamais été vraiment proches. Nous n'avons jamais fréquenté la même école, je fuyais au collège quand il est entré au CP, et j'avais abandonné le lycée depuis trois ans déjà quand il y a mis les pieds. Nous n'avions pas les mêmes amis et pas les mêmes occupations. Jérôme a très tôt fait des collections, des maquettes et de la philatélie. Je passais mes journées dehors avec les gamins du quartier.

Pourtant, je me souviens de sa main dans la mienne.

Alors que l'Eurostar démarre, je nous revois tous les deux en train de courir sous la pluie. Les prémices d'un orage. Nous sommes allés à la pêche et puis les peupliers se sont mis à frémir, faisant entendre leur murmure de papier froissé. J'ai onze ans, Jérôme six. J'ai promis de m'occuper de lui cet après-midi-là. Nous sommes à un kilomètre de la maison environ, nous avons coupé à travers la campagne. Je m'efforce de garder mon calme tandis que les nuages s'amoncellent à l'horizon. Je demande doucement à Jérôme de ranger son matériel. Je dis « C'est l'heure de rentrer ». Nous enfournons tout dans la musette. Mon père m'a appris qu'il ne fallait pas rester sous un arbre isolé en cas d'orage. Je tiens la main de mon petit frère, qui tremble. Il vient de voir le ciel d'un noir d'encre, et quelques zébrures au loin. Je sens mon cœur cogner de plus en plus fort. Je pense que ce n'est pas très grave s'il m'arrive quelque chose à moi, parce que je suis grand, mais mon frère est trop petit, il a besoin de protection. Pour surmonter la peur qui se fraye un chemin, je commence à chanter et j'oblige Jérôme à faire de même. Les premières gouttes s'écrasent. Elles sont lourdes, presque chaudes. La nuit a recouvert le jour. Jérôme tremble de plus en plus. Je laisse tomber la musette. Je dis « Et maintenant, petit frère, on fait la course, on va essayer de courir entre les gouttes, le plus vite possible. Les gouttes, ce sont des balles, et il ne faut pas qu'on se fasse tuer, d'accord? ». Le champ paraît immense. Le vent s'est levé et soulève des nuages de poussière. Jérôme pousse des petits cris chaque fois qu'une goutte le touche – le lotissement se rapproche, les palissades, la rue, nous sommes sur le perron quand l'orage éclate vraiment. Jérôme exulte. Nous avons réussi. Nous ne sommes même pas morts.

Je ne vois pas souvent mon frère. Moins souvent encore que mes parents, parce qu'il vient rarement en Angleterre. Il ne s'en plaint pas. Moi non plus. Nous vivons dans des univers parallèles. Il m'arrive de ressentir une sorte de nostalgie de la fraternité, un sentiment confus de ce qui n'a pas été, notamment lorsque je vois Susan et sa sœur, leur intimité, leurs fous rires – dont leurs parents, bardés de certitudes libérales, sont généralement la cible. Une fois l'adolescence arrivée, Jérôme et moi, nous nous sommes perdus. Aujourd'hui, c'est comme si je n'avais pas eu de frère. Je me suis rattrapé sur mes amitiés. Étienne d'abord. James ensuite. Mes frères de substitution. Il faut que je pense à appeler James pour lui parler d'autre chose que du boulot. C'est le problème, avec les associés. Le travail devient vite votre unique relation.

Le soleil explose sur la banlieue de Londres et éclabousse le compartiment. J'aime cette ville comme je n'ai jamais aimé Paris. Parce que c'est une ville qui m'a absorbé et digéré. Une ville qui ne demande aucun compte et aucune origine. Mon anonymat. Il n'y a que là que je me sente vraiment libre.

Et, maintenant, le train me ramène vers ma taule.

Je ferme les yeux et je dresse la liste de ce que je vais faire cette semaine. C'est le meilleur moyen pour m'endormir. D'abord, passer du temps avec mes parents. Aider mon père à repeindre le portail, apparemment, c'est devenu une vraie obsession. Déjeuner au restaurant avec ma mère − elle s'en fait une joie, je suis sûr qu'elle a déjà choisi quel ensemble elle porterait. Tenter de communiquer avec Jérôme − même si cela a peu de chance d'aboutir à quoi que ce soit. Téléphoner à Olivier, à Franck, et voir s'ils ont le temps de boire un verre avec moi. Retrouver Étienne. Croiser Fanny par hasard. Non. Ne pas croire au hasard. Appeler, et ne pas raccrocher.

La dernière image − le Kent qui défile devant mes yeux mi-clos. Trois minutes de réveil sous le tunnel pour donner mes papiers au contrôleur. Et puis la France.

*

Mes parents sont là, sur le quai de la gare, immobiles. Ils cherchent du regard le fils prodigue. Ils s'attendent encore à voir s'approcher un routard mal rasé avec un sac vert en bandoulière. Lorsqu'ils me repèrent, sortant du wagon de première, avec mon costume léger en lin et mes bagages en cuir, ils ont un petit mouvement de surprise. Les stéréotypes familiaux ont la vie dure.

Ma mère fait quelques pas dans ma direction. Je sens les effluves d'un parfum citronné lorsque je la serre dans mes bras. Mon père reste en arrière, à se dandiner maladroitement. Il se racle la gorge. Il m'embrasse du bout des lèvres.

Ils m'ont prévenu le mois dernier qu'ils avaient acheté une nouvelle voiture. Une minuscule japonaise. Rouge. Rutilante. Trois portes. Aucun des deux ne propose de s'installer sur la banquette arrière. C'est la place du fils. Cassé en deux. Étouffé sous ses valises, parce qu'on ne va quand même pas ouvrir le coffre pour si peu.

Il fait cinquante degrés dans l'habitacle. Mon humeur se détériore pendant que nous attendons au feu rouge, juste après le pont de la gare. Je déteste cette ville. L'avenue du Général-Leclerc qui s'étend à perte de vue, écrasée de soleil. Je l'ai montée et descendue des centaines de fois, à pied, à vélo, en 103 SP, en voiture aussi. Il faut la suivre pendant cinq cents mètres environ et puis tourner à droite après la pharmacie Mercier. Et là, on se retrouve dans le quartier pavillonnaire qu'habitent mes parents depuis trente-deux ans – depuis la naissance de mon frère. C'est mon frère qui nous a condamnés à l'agglomération et à sa torpeur. Avant, nous habitions le centre-ville. Mais, de toute façon, je n'en ai aucun souvenir.

Ma mère s'enquiert de mes enfants et de ma femme. Je la sens inquiète. Elle n'ose pas aborder la question mais elle se demande s'il y a un problème entre nous. Une mésentente. Un divorce en vue. Je prends les devants. J'explique que cela peut paraître curieux, surtout à des gens de leur génération, mais Susan avait besoin de se retrouver quelque temps sans moi, chez ses parents, cajolée, dorlotée, les filles prises en charge. Ma mère hausse les épaules. Elle dit « Pourquoi, tu ne la dorlotes pas assez, toi ? » et mon père soupire bruyamment. Il lève les yeux au ciel. Il lance « Parfois, Hélène, on dirait vraiment que tu es conne ». Elle pique un fard et appuie son front contre la vitre. C'est mon père tout craché. L'art du tacle. De longs silences et puis une phrase assassine. Bien sûr, cette sorte d'humour vachard à froid fait mouche auprès des invités et des voisins. Mais j'en ai déjà été la victime et les blessures occasionnées sont profondes. J'imagine à quel point ma mère peut être vexée, même après toutes ces années. Je voudrais lui caresser la joue ou les cheveux mais je ne parviens pas à m'y résoudre. Je les renvoie dos à dos. Ce ne sont plus mes affaires.

Je n'aurais pas dû venir.

Je sens que je ne vais rester qu'un jour ou deux et puis demander à James de me téléphoner. Il y aura un problème au travail. On aura besoin de mes lumières tout de suite. Je serai forcé de prendre le premier train.

Je suis sûr qu'ils seraient soulagés, au fond. Ce séjour d'une semaine stresse mes parents encore plus que moi. Ils n'ont plus l'habitude de vivre avec quelqu'un d'autre qu'eux sous leur toit. Ils ne savent pas s'ils doivent faire la conversation et brider leurs habitudes ou vaquer à leurs occupations comme si je n'étais pas là. Ils ont oublié ce que je n'aime pas manger – et maintenant, c'est encore plus compliqué : j'ai réussi dans la cuisine quotidienne haut de gamme, ils ne se sentent pas à la hauteur. Ils ont déjeuné plusieurs fois au Café Bleu, ils ont trouvé ça « délicieux et très original ». Ce ne sont pas des adjectifs qu'on peut appliquer à leur cuisine. Il faudrait que j'arrive à les détendre. À leur dire de continuer leur existence comme si de rien n'était. À ne me considérer que comme un bonus. Mais je ne sais pas comment m'y prendre. Pendant les deux tiers de notre vie commune, je n'ai été qu'un malus. Celui par qui le scandale arrivait.

Trois descentes de police dans le pavillon – et tout le quartier qui jase.

Une garde à vue de quarante-huit heures pour détention de drogue – en fait, une barrette de shit déjà entamée, mais le ministre de l'Intérieur était nouveau et il voulait montrer de quel bois il se chauffait – c'est le même qui penche maintenant pour la dépénalisation.

Des témoins qui m'ont vu dans des états alcoolisés avancés – j'aurais même vomi sur la voiture des voisins.

Des rumeurs qui murmurent que je serais en partie responsable de ces slogans retrouvés peints sur les vitrines et les murs de la ville la nuit où la première guerre du Golfe a été déclarée. « Tout est luxe, calme et volupté. » – « Alertez les bébés. » – « Les pansements, avec nous. »

D'autres bruits qui attestent de diverses présences féminines dans mon lit, on raconte que je ne suis pas difficile.

Des constats sur l'état de décrépitude avancée de l'appartement dans lequel j'ai emménagé – une métonymie de ma vie tout entière.

Et puis, bien sûr, ce partage louche. Personne ne vit aussi longtemps avec un ami sans que, enfin, vous me comprenez.

Toutes ces phrases dans le dos de mes parents, toutes ces langues vipérines qui les clouaient au ban du quartier. Les sourires de façade et les mines moqueuses ou sincèrement désolées une fois chacun rentré chez soi. « Vraiment, ils ne méritaient pas ça. » – « Ils n'avaient qu'à pas péter plus haut que leur cul. Fallait les entendre quand il était au primaire, le gamin, comment ils frimaient. C'est bien fait, un point c'est tout. » – « Encore heureux qu'ils en aient un deuxième, parce que le premier, il est foutu. »

Claquements de portières. Crissement du gravier rose. Bruit des clés dans la porte d'entrée. Les sons s'estompent et laissent la place aux odeurs.

L'odeur de l'encaustique – passée toutes les semaines depuis que ma mère est à la retraite.

L'odeur de la lavande artificielle – mes parents achètent au supermarché des bombes de désodorisant dont ils font abondamment usage dans toute la maison « pour que ça sente comme en Provence ».

L'odeur du vieux − celle-là, elle n'existait pas quand j'habitais ici. Elle est apparue il y a quatre ou cinq ans et depuis, elle devient prégnante. Les vieux corps, la vieille chair, le faisandé.

Chaque fois que je pénètre dans le pavillon, j'étouffe et au bout d'un moment, je manque de vomir. Je suis généralement forcé de sortir dans le tout petit jardin, où l'air semble également confiné par les murs qui délimitent le morceau de terrain. Susan se moque de moi, nous en rions ensemble. Elle dit que j'exagère, qu'elle ne remarque rien de particulier − mis à part la lavande, parce que, question lavande, ils n'y vont pas avec le dos de la cuillère. Je lui rétorque qu'elle est trop bien élevée.

Chez ses parents à elle, il n'y a que des parfums légers, provenant des pots-pourris de fleurs et de fruits séchés qui sont discrètement installés sur les étagères ou dans les armoires. Le jour où ses parents sentiront le vieux, c'est qu'ils seront morts.

J'ai furieusement envie d'entendre Susan. C'est elle qui m'aide à supporter les séjours ici, comment ai-je fait pour ne pas m'en souvenir ? À chaque visite, elle voudrait rester plus longtemps, c'est moi qui m'enfuis. Une fois encore. Dès que nous sortons de l'agglomération, je recommence à respirer normalement.

La voix de ma femme, un souvenir clair. « Pour une fois, ce n'est pas toi seul qui entres en ligne de compte − tu leur ferais plaisir, et c'est tout. » C'est important, une fois tous les dix ans, de faire plaisir à ses parents. De se comporter en bon fils avant qu'ils disparaissent.

Mon père dit qu'il adore l'affiche de la nouvelle campagne publicitaire. Il reste immobile, le souffle coupé, en suspens au-dessus de la photo que je viens de lui montrer. Il demande : « Mais alors, il y en aura partout à Londres ? » « Et ailleurs en Angleterre. » « Eh bien dis donc. » D'un seul coup, il se rend compte de l'ampleur de l'entreprise. Du succès de son fils. De mon succès. Il murmure « Les Cafés Bleus — oh mon dieu ! » et il hoche la tête à plusieurs reprises. Regarde le cliché encore et encore. Je sais à quoi il pense. Il se demande si je me la suis faite, la blonde de la photo. Il se demande aussi s'il pourrait se la faire. Peine perdue. C'est l'un des mannequins britanniques les plus en vogue.

Je n'ai jamais trompé Susan. Je n'en ai pas eu envie.

De toute façon, je n'en aurais pas eu le temps.

Et puis cela m'aurait fait penser à mon père — hors de question.

L'horloge sonne sept heures. Le même carillon aigrelet. Les cloches de Big Ben ont bercé mon enfance. C'est peut-être pour ça que j'ai émigré en Grande-Bretagne.

*

Je me suis réfugié dans ma chambre. Ma chambre qui n'est plus du tout ma chambre. Ma chambre qui a été repeinte en blanc et transformée en « chambre d'amis » alors que mes parents ont très peu d'amis et qu'ils habitent tous à dix kilomètres à la ronde. Je suppose que ça fait bien dans une conversation de glisser « mets donc les manteaux dans la chambre d'amis ». Ça fait riche. Ça prouve qu'on a grimpé l'échelle sociale. Et puis ça leur permet de me dire, à moi, qu'ils m'ont « mis dans la chambre d'amis ».

C'est toujours là que nous dormons quand nous venons. Nos filles, elles, ont droit à la chambre de leurs grands-parents. Un grand lit avec une grande fenêtre. Nous, on se retrouve dans mon ancien antre sous les toits. Un seul Velux. Étouffante. Mes parents dorment dans la chambre de mon frère et mon père ne se prive pas de nous le faire savoir le matin au petit déjeuner. Son dos. Les ressorts du vieux lit. Une catastrophe.

Elle n'a pas changé, la chambre de mon frère. Le papier peint date de son départ de la maison. Un poster de U2 en concert. Une affiche du *Cercle des poètes disparus*. Une fin d'adolescence au début des années quatre-vingt-dix. Des clichés d'un week-end à Rome avec Céline, sa fiancée d'alors, devenue sa femme depuis. Ensemble depuis l'âge de dix-sept ans. Mariés à vingt-deux, peu de temps avant mon départ. Dix ans d'amour conjugal sans nuages. Une voiture à la carrosserie crème qui reflète parfaitement leur âme. Blême. Blette. Une assurance-vie dont on aurait retiré la vie.

Quand l'écran s'allume et que je retrouve les icônes du portable, je me sens respirer plus librement. Les nouvelles technologies sont une bouffée d'air pour les provinces européennes. L'impression qu'au milieu de la langueur suburbaine une bulle d'oxygène se crée et vous accueille. Vous ne mourrez pas tout de suite. Quelque part, quelqu'un a encore besoin de vous.

Deux ou trois mails sans importance du boulot. Consultation des derniers chiffres − juillet, tout est en sommeil. Un message de James qui me souhaite un bon séjour et m'assure que tout est sous contrôle. Merde. Je n'ai pas d'excuse pour rentrer. Je téléphone à Susan − sa voix est aussi enjouée que la mienne est lugubre. Elle dit que ses parents sont des anges, qu'ils se sont occupés des filles presque toute la journée et qu'elle a pu aller à la plage et lire. Elle me raconte l'intrigue du roman mais je n'écoute pas. Je pense à ses jambes sur le sable. À ses seins au travers du tissu du maillot. Au sel sur sa peau. Je lui dis qu'elle me manque. Elle répond « Et encore, ça ne fait que vingt-quatre heures, tu vas voir, en rentrant, tu ramperas à mes pieds et tu m'obéiras comme un caniche. » « C'est ce que tu cherchais ? » « Va savoir. » « Je peux te rappeler ? » « Je vais au cinéma ce soir. Mais tu n'as pas un petit copain avec lequel jouer ? Étienne n'est pas dans les parages ? » « Je ne lui ai pas donné de nouvelles depuis dix ans, ça m'étonnerait qu'il saute de joie en entendant ma voix. » « Va savoir. » « C'est ta nouvelle expression ? »

Elle rit. J'aimerais lui dire à quel point j'aime l'entendre rire − mais cela gâcherait tout. Sarah ne veut pas me parler. Elle est en train de jouer avec sa grand-mère. Iris est déjà couchée. Je raccroche. Ça fait des années que je ne me suis pas senti aussi seul.

Je pianote sur le clavier du portable posé sur le lit de quatre-vingt-dix centimètres qui m'a servi de mon enfance à mon départ de la maison. Le message était clair : on n'invite personne dans sa chambre, on ne dort pas avec un autre corps que le sien. Lorsque nous couchons ici, Susan et moi, nous prenons un deuxième matelas.

C'est étrange de voir un ordinateur dans cette pièce qui n'a jamais connu qu'une vieille machine à écrire Underwood dégotée chez mon grand-père au moment de son déménagement à la maison de retraite. Il y a comme une confusion des époques. Quelque chose de pourri dans le système temporel. Je ne devrais pas être ici.

Le nom d'Étienne n'apparaît pas dans les pages jaunes électroniques. Impossible à localiser. Il a sans doute déménagé, peut-être à l'étranger. Je soupire. Il va falloir que je me renseigne. Je poserai la question aux parents si j'ai envie de les provoquer un peu et de les faire sortir de leurs gonds. Ils ont toujours détesté Étienne. Un parasite, un bon à rien, le responsable de la déchéance de notre fils. Même si j'étais un cas désespéré, ils me défendaient. Ils ne pouvaient pas imaginer que la mauvaise influence, c'était moi. Ils avaient raison. Ce n'était pas moi. Ils avaient tort. Ce n'était pas Étienne non plus. C'était un âge à passer. C'était une période hésitante. C'était nous tous, eux,

Jérôme, mes amis, mes amantes, Étienne. L'essentiel, c'est d'en être sorti. Et puis, si c'était une impasse, ce n'était pas un enfer. Ce n'était pas le paradis non plus – juste une bande de terre entre deux océans. Le fil d'un funambule.

Un jour, Étienne m'a montré ses talents de funambuliste. Il avait appris à marcher sur un fil chez un ami de sa mère, l'été de ses dix ans.

Nous étions à la campagne. Une fête chez une de nos connaissances. Il avait tendu un fil entre le toit de la maison et celui de la grange. Nous avions beaucoup bu. J'ai tenté de le dissuader mais je ne suis parvenu qu'à le faire rire. Il a pris une profonde inspiration et il s'est lancé. C'était la nuit. Le seul éclairage, la lumière de la terrasse. Je ne voyais pas le fil. Étienne, si. Mais il le regardait à peine. Il mettait un pied devant l'autre, avec assurance. Et même parfois avec bravade. Il semblait revivre. Il était dans son élément. L'air. Le mien, c'est la terre. Nous nous complétions à merveille – mais nous ne pouvions pas continuer longtemps ensemble. Il me fallait trouver des racines. Il lui fallait s'envoler. Regrets éternels. J'espère quand même le croiser dans la semaine qui vient – n'en déplaise aux miracles technologiques. Après tout, peut-être n'a-t-il qu'un téléphone mobile. C'est fréquent, aujourd'hui.

Je poursuis les recherches. Je trouve les autres. Olivier Lerner habite une résidence proche du pont de la gare. Le nom du mari de Fanny apparaît également sur l'écran – à quelques encablures de la maison de mes parents. Je suppose que Fanny habite là aussi, mais les avancées technologiques ne me permettent pas de l'affirmer. Il se peut qu'elle ait divorcé, qu'elle soit partie à l'autre bout du pays, remariée peut-être. J'aimerais autant. Elle a épousé un concessionnaire automobile, sourire en argent, costume coupé à l'emporte-pièce – un amateur de tuning en puissance. J'ai été invité à son mariage – je vivais encore ici. Je n'y suis pas allé. Étienne et moi, ce soir-là, nous avons bu aux époques qui changeaient. Nous nous sommes juré d'accompagner le mouvement. Susan est entrée dans ma vie quelques semaines plus tard.

Je suis sur le point de téléphoner à Olivier – et à Franck, si Olivier ne répond pas – quand ma mère appelle du bas de l'escalier. C'est un vieux refrain. Quand j'étais plus jeune, elle lançait trois fois mon nom, à intervalles très rapprochés et la quatrième elle hurlait, en ajoutant « Ça fait quatre fois que je t'appelle ». Je ne sais pas si elle se rendait compte qu'entre le premier et le dernier cri, vingt secondes seulement s'étaient écoulées.

La lassitude. Malgré toutes les années enfouies, je la sens encore. La perspective du repas. Les reproches latents. Les anecdotes. Je ne serai jamais les parents que j'ai eus. Je militerai pour que mes filles aient très tôt des scooters, puis des voitures. Je les laisserai dormir chez des amies même si je sais que les amies en question ne sont que des prétextes. Susan aura plus de mal avec leur liberté toute neuve. Nous en parlerons toute la nuit dans le noir.

Je me rassure en me promettant qu'après le repas je sortirai. Et si aucun de mes anciens amis n'est disponible, aucune importance, je sortirai seul. Je humerai les rues de la ville. Je me laisserai aller à un brin de mélancolie sirupeuse et j'aurai dans les yeux la tendresse que je porte à ma vie.

*

« Dépêche-toi, Jérôme est là, avec Céline. Ils t'attendent. » « Pourquoi ? » « Ben, pour dîner. » « Ils mangent avec nous ? » « Ben évidemment. » « Génial. » « Ils s'en font toute une joie. Surtout ton frère. »

Je n'y crois pas une seconde.

Ni mon frère ni sa femme.

Sa femme m'a toujours considéré comme un dégénéré lorsque je résidais dans le coin. Elle changeait ostensiblement de trottoir quand je la croisais au centre-ville. À ses yeux j'étais un parasite. Un danger. Elle avait peur que son chéri m'admire et prenne modèle sur son grand frère. Elle n'avait pas besoin d'avoir peur. J'étais tout sauf un exemple pour Jérôme. Un repoussoir, plutôt. Une menace voilée. Si tu n'es pas sage, tu finiras comme ton frangin.

Les parents de Céline sont opticiens. Ils possèdent deux magasins sur les deux artères principales de la ville. Ils assistent à des soirées de bienfaisance. Ils courtisent la mairie. Ils font des courbettes au préfet. Ils partent chaque été à Châtelaillon, en Charente-Maritime. Ils y ont une résidence secondaire. Ils trouvent La Rochelle trop cosmopolite. C'est un mot qu'ils détestent, « cosmopolite ». Céline est leur fille unique. Leur digne héritière. Ils aiment beaucoup leur gendre, un peu moins sa famille – ses parents sont quand même un peu trop « employés », si vous voyez ce que je veux dire, encore que le père a plutôt bien réussi dans sa branche. Et le frère, mon Dieu. C'est un cas étrange, le frère. Un vaurien. Les parents prétendent qu'il est entrepreneur, maintenant, en Angleterre, mais nous devinons bien ce que recouvrent ces mensonges. Au mieux, il est revendeur de drogue. Au pire, il vit dans un taudis – et il attend que quelqu'un le prenne en pitié.

Jérôme s'avance, bras ouverts, l'œil légèrement humide. « Content de te voir, frérot. »

Voilà. Tout le tableau en un seul mot. Je ne connais personne d'autre qui utilise le mot « frérot ». D'autant que c'est moi l'aîné. L'accolade est une épreuve, elle aussi. Moite et légèrement gluante. Mon frère la pieuvre. Laissez-moi sortir. Et les parents qui tombent dans le panneau. Je les vois, derrière le dos de Jérôme. Ils se rapprochent insensiblement. Ils en auraient presque la chair de poule. L'émotion qui monte comme s'ils étaient invités à une émission télévisée en prime time pour assister aux retrouvailles de deux perdus de vue. Il n'y a que Céline qui résiste. Je lui en sais gré. Au moins, elle a de la constance dans la haine.

Vient le temps des platitudes, entre l'embrassade et l'apéritif. Les questions idiotes sur ce que je deviens alors que tout le monde le sait, les considérations sur l'Eurostar, les vannes à deux euros sur le fait que je sois venu sans ma femme. Céline tique mais ne dit rien. De toute façon, elle ne desserre pas les lèvres. Elle est en apnée. Un mauvais moment à passer. Étonnamment, je me découvre une fraternité avec la femme de mon frère. Elle est peut-être passée dans mon camp, désormais.

Celui des gens qui trouvent que ma famille craint.

« Et les filles, elles vont bien ? » « Aux dernières nouvelles, oui. » « Tant mieux, tant mieux. Alors qu'est-ce que tu vas faire cette semaine ? » « Aucune idée. Me reposer un peu. Passer du temps avec les parents. Retrouver d'anciens amis. Enfin, je ne sais pas si j'aurai le temps de faire tout ça. »

J'ai remarqué l'infime crispation de la mâchoire lorsque j'ai parlé de mes amis. Le mépris intact, au travers des années. Le mépris et la jalousie aussi. Parce que si Jérôme, au cours de son adolescence, est devenu de plus en plus prisé de mes parents, l'incarnation de la stabilité et l'assurance, il n'a jamais été très populaire auprès de ses camarades. Trop carré. Pas assez de la déconne.

Parmi ses meilleurs moments — le jour où il a raconté à nos vieux que j'avais reçu beaucoup de monde pendant le week-end où ils étaient partis enterrer la grand-tante bretonne, que nous avions même consommé de la drogue sur le canapé du salon. Et que la déco de la maison avait été un grand objet de raillerie. Cette expression familière sur le visage de mes parents. La peine qui se mêle au découragement. *Mais qu'est-ce que nous avons fait au bon Dieu pour mériter ça ?* Et leurs remerciements chaleureux à Jérôme. L'autre, modeste mais rayonnant. Huileux.

Jérôme savait être très con. Il l'est resté.

« Tu sais, ce n'est peut-être pas la meilleure période pour retrouver des copains, les vacances commencent ici et... » « Je sais. » « Tu voulais voir qui ? » « Franck, Olivier, Étienne, Fanny peut-être. »

L'échange de regards, bref mais intense, entre mes parents, mon frère, et même Céline qui les rejoint tout à coup. Je me doutais bien que la mention de Fanny allait faire frémir. Ils se demandent s'il y a anguille sous roche. Et si, en réalité, Susan avait réellement pris de la distance et du temps pour réfléchir ? Et si elle souhaitait divorcer ? Après tout, on ne sait rien de leur couple, de leur histoire. Et maintenant, lui qui veut revoir son ex. Cela sent mauvais. Très mauvais.

50

Je les laisse mariner.

Je me délecte.

Je les emmerde, aussi.

Fanny est maintenant un bon souvenir. Cela n'a pas toujours été le cas. Mais personne ne réduit une relation de quatre ans aux dernières semaines, une fois le choc de la rupture passé. Ce fut ma seule relation durable avant Susan. La seule avec qui j'ai vraiment failli m'installer. La seule rivale d'Étienne, donc – mais Étienne l'aimait bien, comme on aime une cousine éloignée ou une grand-mère gâteuse. Nous sommes restés ensemble de mes vingt ans à ses vingt-quatre. Nous avons vraiment eu de bons moments. Les vacances en stop jusqu'à Coimbra. Les nuits blanches sur son balcon. Cette semaine dans les Landes, à Pâques. J'en ai parlé à Susan. Elle n'en est pas jalouse, comme je ne suis pas jaloux des jours qu'elle a pu passer auprès de Henry ou de Daniel. La moindre des choses, quand on rencontre une femme, c'est d'accepter qu'elle ait eu un passé et se dire que, si cela n'avait pas été le cas, alors on n'en aurait pas voulu. Vierge à vingt-sept ans – tout le monde fuit. Sauf mon frère peut-être.

« Tu sais ce qu'ils sont devenus ? » « Qui ? » « Ceux que je viens de citer. » « Plus ou moins. Je... je rencontre Olivier de temps en temps. Et Franck aussi. Fanny, je... » « Et Étienne ? » « Non. » « Bon, enfin, on verra bien. » « J'espère que tu me réserveras une soirée aussi. » « Je viens chez vous quand vous voulez. » « D'accord. Mardi, alors. » « Euh... d'accord. Je vois que ton emploi du temps est bien établi. » Rire de mon frère. Un éclat presque jaune. « C'est que le mardi, c'est notre soirée hebdomadaire en célibataires. On n'est pas un couple fusionnel. »

Grandiose.

J'imagine qu'ils ont aussi des comptes à part sur lesquels ils placent leurs économies pour les vacances ou pour l'aménagement de la maison.

Je mesure les kilomètres qui me séparent d'eux. J'ai toujours été une cigale. Une cigale qui en chiait pour chanter tout l'été. Une cigale qui s'est fait sa place au soleil, mais qui a encore du mal à thésauriser. La thésaurisation, c'est Susan qui s'en charge. Nous nous complétons. Jérôme et sa femme, eux, se ressemblent. Je suis sûr qu'ils font des éconocroques pour fonder une fourmilière dont les études seront payées jusqu'à bac + 5. Dieu de dieu. Prions pour qu'ils soient stériles.

Ensuite, il y a un long silence. Le bruit des fourchettes et des couteaux sur les assiettes. Ma mère a sorti le service des grands jours. Les plats sur lesquels des myosotis et des jonquilles attendent d'être aspergés de sauce grasse. Le pichet en étain qu'on n'appelle pas un pichet mais une « saucière ». Elle est en train de me demander si le plat est à mon goût et s'apprête à s'excuser du manque d'inventivité de sa cuisine quand Céline l'interrompt.

« J'ai vu un reportage sur les SDF hier à la télé, c'était atroce. »

C'est une saillie. Une phrase sortie de nulle part qui se perd dans le grand vide autour de la table. Je remarque le dos de mes parents qui se crispe insensiblement, et les yeux de mon frère — pendant quelques instants un nuage les recouvre. J'aurais plutôt envie de rire, mais il y a dans la scène un je ne sais quoi qui m'en empêche. Un je ne sais quoi qui me souffle que ce n'est pas sa première sortie. Que ma belle-sœur s'en est peut-être fait une spécialité. Que ma belle-sœur disjoncte parfois, comme un transformateur électrique. Il ne faut pas que le silence se prolonge. Je cherche désespérément quelque chose à ajouter. Alors j'emprunte son chemin, je lui demande ce qui est atroce exactement.

« Le nombre. La souffrance. Le manque d'aide. »

Nous hochons tous la tête. S'il y a bien un sujet sur lequel personne ne peut argumenter, ce sont les SDF. Personne n'osera se lever et assener qu'en même temps ils l'ont bien cherché ou que l'exclusion est de toute façon une fatalité quand on vit dans une société capitaliste, on ne peut pas en tirer les avantages sans en subir les inconvénients — et encore, le seul inconvénient, pour nous, c'est la vue, et parfois le toucher. Même moi, chef d'entreprise dans le pays le plus libéral d'Europe, je n'irais pas jusqu'à prétendre que les SDF, je m'en fous.

Pourtant, j'ai relevé les prix de tous les articles proposés par les Cafés Bleus afin que les sans-abri anglais ne s'y sentent pas à l'aise et ne prennent pas possession des lieux − et j'ai conseillé aux gérants des différents magasins de se saisir du problème à bras-le-corps s'ils s'apercevaient que certains miséreux s'attardaient ou revenaient trop souvent. La police londonienne peut être très dissuasive. Nos videurs, d'autant plus discrets et efficaces qu'ils sont issus des minorités ethniques, savent l'être aussi.

Lorsqu'il m'est arrivé d'aborder le sujet, Susan a utilisé son ironie tendre pour railler mes décisions. « C'est parce que tu aurais pu en devenir un que tu les repousses autant − on n'a peur que de ce dont on est proche. » « C'est parce que tu n'as jamais connu la pauvreté ni de près ni de loin que tu peux te permettre ces remarques-là. » Parfois, les origines sociales refont surface dans nos discussions conjugales. Nous nous sentons à fleur de peau. Vulnérables. Nos attaques donnent du piment à notre relation. Après tout, ce que nous avons aimé chez l'autre, c'est sa différence. Son improbabilité. Son imprévisibilité. Plus je regarde Céline, et plus ma femme me manque. Elle a eu raison. Je vais revenir en me traînant à ses pieds. Je serai son jouet.

« Vous venez en aide aux SDF, vous ? »

Cette fois, l'attaque est frontale. C'est moi qu'elle agresse. Jérôme repose sa fourchette avec bruit et se prépare à intervenir et à tempérer mais je lui souris. Je le rassure. Le repas ne tournera pas au pugilat. J'ai mieux à faire.

« C'est un "vous" qui ne s'adresse qu'à moi ou qui s'adresse à tous les Grands-Bretons ? » « À vous, d'abord ; à un niveau plus global, ça ne marche jamais. » « Qu'est-ce qui ne marche jamais ? » « La solidarité. » « Je donne de l'argent tous les ans à une association caritative. » « Vrai de vrai ? » « Vous mettez ma parole en doute ? » « Un peu, oui. » « Eh bien, vous ne devriez pas. » « Très bien. »

Je sais mentir avec un aplomb sidérant.

Je me vois ouvrir les lettres des organisations humanitaires. Parcourir le dépliant et le mettre de côté en me disant « Oui, ça, il faut que je m'en occupe ». Les papiers s'empilent sur le bureau. Adela, notre femme de ménage guatémaltèque, me demande régulièrement ce qu'elle doit en faire. Je réponds tout aussi régulièrement qu'elle peut tout jeter – j'ai déjà fait le tri. Les courriers humanitaires finissent au fond du sac-poubelle. Quand je serai vraiment installé. Quand mon entreprise aura une vraie stabilité. Quand les lendemains seront tout à fait roses. Quand les filles auront grandi.

Quand les cochons voleront et que les poules auront des dents.

Je sens la tension qui se relâche à table, l'incident est déclaré clos, et les hôtes feront attention à ce qu'il n'y en ait pas d'autre. Après tout, je suis l'invité de marque. Le fils prodigue. Mais je ne la laisserai pas s'en tirer comme ça, avec son agressivité gratuite et son air de sainte-nitouche. Je ne lui permettrai pas de laisser planer sur moi des suspicions d'égoïsme et de cruauté après m'avoir, il y a quelques années, traité de bon à rien.

« Et vous, vous faites quoi, Céline ? »

Elle ne daigne même pas répondre. Elle mastique sa viande avec application. Elle regarde droit devant elle. Elle attend que son garde-chiourme prenne sa défense. C'est dans leur contrat de mariage. Tu combattras pour ta dulcinée, quelle que soit sa faute. Jérôme se racle la gorge et explique que Céline donne de son temps à l'antenne locale des Restos du Cœur. En fait, elle s'occupe de la logistique, des relations avec les fournisseurs, et puis parfois, bien sûr, elle met la main à la pâte. Elle distribue. Elle parle. Elle réconforte.

Je l'imagine bien.
La petite-bourgeoise qui se donne bonne conscience. Dans ses habits noirs et marron d'un chic discret. Elle écoute les malheurs du monde et elle compatit avec un regard doucereux. Elle tapote même des épaules ou des mains. Elle rentre chez elle toute ragaillardie. C'est moins la sensation d'accomplir une bonne action que le soulagement de ne pas faire partie de toute cette meute de crevards. La conviction d'avoir pris la direction

qu'il fallait. Surtout, ne pas trop se plaindre quand on voit la misère autour de nous. Elle pue.

Elle pue, ma belle-sœur.

Je peux me l'imaginer, oui. Mais je suis quand même surpris. Parce que, quand j'ai quitté le pays, elle n'en était pas là. Les sans-abri, c'était de la racaille, un point c'est tout. Il fallait leur marcher dessus. Elle a dû prendre des cours de maintien, de diction et d'argumentation, ces dix dernières années. Encore une décennie et elle pourra se présenter aux élections municipales. C'est vrai que je l'ai revue deux ou trois fois, à Londres ou dans cette maison que j'avais louée pour toute la famille, en Espagne — celle avec une piscine qui donnait sur la baie. Mais elle était invitée. Comme mon frère. Comme mes parents. Et quand on est invité, quand on ne paye rien, on ne fait pas de vagues et on évite les sujets qui fâchent. Quand on est invité, on se la ferme.

Je sens nettement que je suis un invité chez mes parents, ce soir. Comme ma belle-sœur. Nous avons brisé le tabou : nous avons évoqué quelque chose d'intéressant. Maintenant, elle se referme comme une huître sous la pression des doigts de Jérôme. Et moi, je me ramasse en boule sous le regard de ma mère. Mon père lève encore les yeux au ciel. Peut-être pour remercier ce Dieu dans lequel il ne croit pas. On a évité l'esclandre de peu. Or l'esclandre, il n'en sort jamais rien de bon. L'esclandre, ça fait avancer. Ici, on ne veut faire que du surplace. Parce que au moins, quand on fait du surplace, on est en sécurité.

N'empêche.

La conversation a repris, sans Céline qui garde les yeux rivés sur son assiette, et roule à présent sur la montée des prix dans les hypermarchés depuis le passage à l'euro − mon frère donne même dans la flatterie en émettant l'idée passionnante que peut-être les Grands-Bretons n'ont pas eu tort en refusant de changer de monnaie tout de suite, il espère sans doute que je vais me rengorger, me montrer fier d'appartenir à ce peuple circonspect alors qu'honnêtement, la livre sterling, je n'en ai rien à cirer et que les taux de change réduisent ma marge avec mes fournisseurs français ou néerlandais.

Je participe au débat en pilote automatique. Je fixe ma belle-sœur. Elle m'emmerde avec ses questions sur les sans-abri. Qu'est-ce qu'elle en sait, elle, de la trouille au ventre, de l'impression que, demain, tout peut basculer? Et de la honte? Elle n'a jamais connu ça, la honte. La honte liée au manque d'argent. Aux vêtements qui sont un peu trop vieux. À l'appartement qui est un peu trop nu. Longtemps, cela ne m'a pas gêné. Et puis, un jour, je suis rentré chez moi, Étienne n'était pas là, tout était tellement désert. Vide. Décati. Je ne veux pas me souvenir de ça.

Elle m'emmerde d'autant plus que je la trouve belle.

Enfin, belle, il ne faut pas exagérer non plus —
mais désirable peut-être.

Elle ne l'a jamais été auparavant. Elle était quelconque. Un visage trop rond. Des yeux aussi
expressifs qu'une vache au moment de mugir. Des
cheveux châtains plats qui tombaient de façon
monotone de chaque côté du visage. Mais là, je ne
sais pas, les traits semblent s'être creusés, la coif-
fure a changé, le regard est animé d'une flamme
de mépris à mon égard, et à l'égard de ma famille.
Elle semble vivante. Plus vivante que mon frère. Je
dois admettre que ça m'excite. Un peu. En fait, ce
n'est pas la toute première fois que je le remarque.
Lors de leur dernier séjour à Londres, il y a deux
ans, je m'étais dit que finalement, sous certains
angles, elle était presque...

Je calme le début d'érection en me concentrant
sur le débat entre pseudo-europhile (mon frère) et
pseudo-europhobe (ma mère) — les deux se ren-
voyant mollement la balle et mon père comptant
les points. Si on m'avait dit un jour que je convoi-
terais ne serait-ce qu'un instant la femme de mon
frère, je me serais tordu de rire. Je suis un vrai
dégueulasse. C'est injuste pour Susan surtout. Mais
après tout, c'est elle qui a suggéré cette semaine
chez mes parents. Elle ne sait pas qu'ici je retrouve
ma peau adolescente, intacte — des airs bravaches,
une immoralité affichée mais jamais consommée,
une envie d'en découdre. Sauf qu'il n'y a rien
d'essentiel à découdre.

Et que, maintenant, je couds bien plus que je ne
découds.

Je couds, j'assemble les morceaux de ma vie de sorte qu'ils forment un ensemble agréable et confortable – une assise pour l'existence future de mes enfants. Le pire, c'est que je suis certain que mes parents pensent avoir fait la même chose pour mon frère et moi. Les parents se mettent chaque fois le doigt dans l'œil jusqu'au coude.

Je soupire.

Ma mère s'avance avec une tarte aux cerises – « ça a toujours été ta préférée, hein, la tarte aux cerises » – mais je fais comprendre que je suis plus que rassasié. Et fatigué. Ce maudit voyage. La mine atterrée de ma mère. L'univers s'écroule. S'il ne prend pas de tarte aux cerises, c'est qu'il ne m'aime pas. Je cède. Un tout petit morceau. Café ? Non. Thé ? Non plus. « Eh bien, pour un Anglais... » (mon frère, bien sûr, qui d'autre ?) Tisane ? « Je suis vraiment claqué. Il était très bon, ce repas, mais là, je jette l'éponge. » Tout le monde compatit. Il a des journées surchargées, et puis l'Eurostar, et le changement d'air, ça crève. Ma belle-sœur est la seule qui ne hoche pas la tête. Elle dit simplement bonne nuit – elle n'en pense pas un mot.

Plus tard, mon frère appelle sur le portable. Ils viennent de rentrer chez eux. Il s'excuse pour le comportement de sa femme. Elle est un peu patraque en ce moment. Elle a des sautes d'humeur. Il faut l'excuser. J'en déduis qu'elle est enceinte. Je réponds qu'il n'y a pas à l'excuser, que je n'ai rien vu de choquant dans son attitude. Je fais mon magnanime. Mon frère est content. Il ajoute qu'il est vraiment super-heureux de notre repas ensemble, mardi soir. Il dit que nous aurons le temps de parler. Je me retiens de répondre que je ne vois vraiment pas de quoi. Je raccroche. Il est minuit et demi. Et on n'est que dimanche. Je ne suis pas au bout de mes peines.

Je tombe dans le coma — mon seul souhait — me réveiller dans sept jours — à Londres.

LUNDI

Je ne veux pas me souvenir de dimanche.

J'avais oublié les dimanches. À Londres, maintenant, tout est ouvert. C'est le deuxième jour de la semaine pour la fréquentation des magasins, juste après le samedi. Le dimanche, je fais un tour avec les enfants dans un parc et nous déjeunons souvent au Café Bleu, j'en choisis chaque fois un différent et j'essaie de me faire tout petit − juste pour tester le lieu, l'efficacité du service et la fraîcheur des aliments. J'y parviens de moins en moins bien parce que les gérants sont au courant de mon manège dominical et se tiennent à l'affût. Ils m'accueillent avec un grand sourire et font la conversation avec Sarah tandis que j'inspecte les lieux. Je sais, à leur air détendu et au ton presque naturel de leur voix, qu'ils ont confiance et que je ne trouverai rien à redire. Ensuite, je ramène Iris à la maison pour la sieste, puis je traîne dans les boutiques avec l'aînée. Je me suis coulé dans ces nouvelles habitudes, comme tous les Anglais. Nous avons passé des années à vociférer pour garder intacte l'organisation de la semaine de travail et, dès que les commerces ont eu le droit d'ouvrir le dimanche, nous n'avons plus rien dit. Nous nous sommes installés dans notre nouveau moule. Et nous l'avons adoré. Je ne pourrais pas revenir en arrière.

Pourtant, hier, il a bien fallu.

L'odeur des oignons qu'on fait frire. Une émission sur les voitures à la télévision. La radio, esseulée, dans la cuisine, qui grésille des chansons des années quatre-vingt. Je me suis senti des fourmis dans les jambes dès le petit déjeuner et j'ai informé ma mère que j'allais faire un tour. Elle n'a pas eu de réaction. Elle m'a juste rappelé qu'on mangeait à midi et demi. J'ai été légèrement étonné de cette absence de vagues. Dans les années d'adolescence, les sorties étaient des sources de disputes quotidiennes. Je n'ai pas encore intégré que je ne suis de retour que pour quelques jours et que j'ai trente-sept ans, marié, deux enfants, chef d'entreprise. Libre. En repoussant le portail, j'ai fermé les yeux – le soleil du matin sur le visage – et j'ai souri. Comme je le faisais chaque fois que je mettais le pied hors de chez mes parents. Je me suis rappelé un après-midi, près d'un lac, avec Étienne. Il m'avait pris en photo, comme ça, les yeux fermés, le sourire aux lèvres, le soleil qui illuminait la scène. Étienne aimait prendre des photos. Il n'en avait jamais assez. Il disait que des années entières de sa vie étaient totalement perdues parce que personne ne les avait prises en photo. Sa mère et son père avaient divorcé quand il était très jeune – un divorce sanglant à la suite duquel le père avait disparu – on supposait qu'il travaillait en Suisse, dans l'hôtellerie, mais aucune piste n'avait été confirmée et, surtout, personne ne s'était donné la peine de le chercher vraiment, d'autant que lui, de son côté, semblait avoir tiré un trait sur cette partie-là de son existence. Sa mère avait eu des amants de passage, mais aucun qui donne un frère ou une sœur à son fils. Elle s'était finalement remariée quand Étienne avait quinze ans. Le beau-père était distant mais aimable avec le fils de sa nouvelle femme. Le couple avait déménagé à Montpellier quand Étienne avait atteint sa majorité. Ils lui avaient demandé s'il voulait bouger avec eux. Il avait décliné l'offre. Tout avait été mené fort civilement. Depuis ils se voyaient environ deux fois l'an – Étienne partait dans le Sud pour quelques jours, cela n'avait pas l'air de l'enchanter, personne ne lui posait de questions et, à son retour, il n'avait pas envie d'en parler. Il ne lui restait plus de famille dans la région, mais il s'en moquait éperdument. Il avait des amis. Il avait des amoureuses. Il avait un appareil photo.

Je me suis laissé porter vers le centre-ville.

Dans les villes de province, le centre-ville reste le point d'attraction. Un réseau en étoile de rues et d'avenues qui mènent toutes à la place de la mairie et à la rue commerçante. Chez mes parents, cette rue se nomme l'avenue Émile-Zola. Elle commence à la place de la Bourse et se termine au rond-point de la Préfecture. Les jours de semaine, les trottoirs sont bondés. Le dimanche, ils sont déserts.

Il n'y a rien de plus comateux qu'une avenue passante vide, sous le soleil. Cela donne l'impression d'être un cosmonaute de retour sur la Terre après une mission dans l'espace. Entre-temps, sur la Terre, il y a eu une guerre bactériologique et chimique. Les bâtiments sont toujours debout mais la population a disparu. Volatilisée. Et personne ne vous a prévenu. Vous êtes le dernier survivant.

Avec ce chien errant qui pisse sur un réverbère.

Je n'ai fait qu'un petit tour des trois principales artères et puis je suis rentré, penaud, la queue entre les jambes. Ma mère avait le regard triomphant. Elle savait que je reviendrais tôt – parce que le dimanche, c'est le dimanche.

L'après-midi, je me suis allongé pour une sieste alors que je n'avais pas sommeil. J'ai surfé sur Internet et laissé des e-mails à tous les Britanniques que je connaissais, des phrases comme des sos, venez me chercher, demandez-moi de rentrer, je ne me sens bien que chez vous. Je suis aussi allé sur les sites de mes concurrents directs, voir ce qu'ils proposaient. Ce n'est pas à proprement parler de mon ressort, mais soudain, tout était de mon ressort.

J'ai laissé un message sur le répondeur d'Olivier – il m'a rappelé le soir, il avait passé un super dimanche à la piscine, je ne l'ai pas envié, il était content de m'entendre, il m'a invité à dîner chez lui le lendemain, lundi, j'ai accepté, j'aurais tout accepté, j'étais tellement heureux de parler à un autre être humain que mes parents.

J'ai joué au Scrabble avec eux. Je les ai écoutés se disputer sur l'orthographe de « chiasme ». Je les ai entendus ne faire aucune allusion ni à la soirée de la veille ni à mon frère – ce qui était à la fois inespéré et inquiétant et confirmait mes soupçons, il y avait bien quelque chose de pourri au royaume fraternel.

J'ai vu mes filles sur l'écran de l'ordinateur. Susan avait branché la webcam. Je les ai regardées bouger et virevolter. Je les ai écoutées me parler. Cela n'a fait qu'exacerber la solitude que je ressentais. J'en ai voulu à Susan. Je l'ai rendue responsable de mon exil.

La soirée devant la télévision, un film d'espionnage que nous avons tous les trois feint de suivre avec intérêt – mon père ronflait de temps à autre puis sursautait en prétendant ne pas être fatigué, ma mère feuilletait un magazine sur la vie des riches et célèbres. Elle rêvait peut-être de me voir dedans, mais on n'y trouve jamais de chefs d'entreprise. Je suis remonté dans ma chambre au générique de fin. Je me suis aperçu que je n'avais même pas emporté de livre avec moi. La littérature a disparu de ma vie lorsque j'ai traversé la Manche. Pourtant j'aurais juré qu'elle m'accompagnerait tout au long de mon existence. Lorsque je vivais chez mes parents, les romans étaient des échappatoires commodes. Lorsque je vivais avec Étienne aussi. Ils permettaient d'occulter l'échec.

Je suis allé dans la chambre de mon frère pour trouver de quoi lire. Sur l'étagère, il n'y avait que trois ou quatre volumes – Jérôme n'a jamais été porté sur le romanesque. Il s'intéresse exclusivement aux récits historiques et aux essais politiques. J'ai quand même retrouvé un exemplaire de *L'Amant* de Duras, je me suis fait bercer par les méandres du Mékong – j'ai plongé dans le sommeil.

Il y avait longtemps que je n'avais pas vécu une journée aussi sinistre. Le genre de journée à propos de laquelle on écrit, sur son journal intime virtuel, RAS – l'ennui. Le morne. J'aime tellement l'Angleterre. L'Angleterre, c'est la vie.

*

Aujourd'hui, c'est lundi – et j'ai décidé de prendre les choses en main.

Déjà, j'ai préparé le déjeuner en intimant à ma mère l'ordre de se reposer. Elle en a été plus vexée qu'heureuse. J'ai réalisé en fouillant dans le placard qu'il n'y avait ni curry ni cumin. Les deux effluves les plus caractéristiques de la cuisine britannique désormais. Mes recettes tombaient à l'eau. Je suis parti à la recherche de mes senteurs, sur la route des épices. J'avais oublié que le lundi matin français est presque aussi désert que le dimanche. Normal, dans tous les pavillons, on soigne la migraine de la veille en se demandant ce qui a bien pu la déclencher.

Le lundi matin, dans la ville de mes parents, seuls les hypermarchés sont ouverts. Je me suis retrouvé à Carrefour – un peu perdu avec mon Caddie. Il n'y avait aucune des marques auxquelles j'étais maintenant habitué. J'étais en arrêt devant le rayon des condiments lorsque je l'ai vue. Elle venait vers moi, tout sourire, extrêmement détendue. Elle n'avait pas du tout l'air étonnée de me trouver là. Son chariot est rentré dans le mien avec un petit bruit métallique. J'étais médusé. J'avais oublié que les hypermarchés provinciaux sont les lieux de rencontres fortuites les plus prisés. Là où se nouent les alliances et où se dénouent les couples. Le rendez-vous idéal des amants illégaux.

Fanny a changé – j'ai évidemment prétendu le contraire.

Ses hanches se sont élargies, sa poitrine s'affaisse un peu, des rides sont apparues autour des yeux et l'ensemble de la silhouette s'est alourdi. Cela ne fait pas d'elle une femme moins belle. Je n'ai jamais vraiment aimé les jeunes filles, de toute façon. Les femmes enfants malingres ou les proportions parfaites ne m'attirent pas outre mesure. J'aime qu'une femme ait son histoire ancrée dans le corps et qu'en la déshabillant se dévoilent les sièges de ses douleurs et de ses passions. Des cicatrices d'accouchement. Des signes d'inquiétude.

Un reste de varicelle. Un renflement révélant la tentation du chocolat face à la déprime passagère. Ce que j'aime encore plus, chez Susan, c'est retrouver tous ces infimes défauts de la peau et me dire que j'en ai été le témoin et l'accompagnateur. Parfois même la cause. De l'épiderme de ma femme suintent toutes mes émotions.

Fanny a ri – un rire assez similaire à celui de Susan – et je me suis demandé si elles n'avaient pas des points communs, finalement. Elle m'a traité de flatteur. Elle a ajouté que, bien sûr, elle avait changé – et moi aussi. Tant mieux d'ailleurs. Elle m'a demandé comment ça se passait, chez mes parents, et j'ai froncé les sourcils.

« C'est incroyable, ça, tout le monde est au courant de mon séjour ou quoi ? » « Tout le monde, je ne sais pas, mais moi, en tout cas, oui. Ton frère en avait parlé la dernière fois que je l'ai croisé, et puis tu as téléphoné à Olivier hier soir, non ? » « Ah, tu es toujours en contact avec Olivier ? »

Un blanc.

Un nouveau rire en cascade.

« En tout cas, toi, tu n'as été pas été mis au courant. » « De quoi ? » « De moi. Et d'Olivier. Nous sommes ensemble, depuis quatre ans maintenant. »

On ne sait jamais comment réagir dans ces moments-là, vous avez remarqué ? Il faut choisir entre la joie feinte, le sourire jusqu'aux oreilles, l'embrassade forcée et les exclamations éculées — formidable, extra, génial, super, mégagigabath — ou l'intensité du sentiment intériorisé, la main sur l'épaule, la voix dans les graves, les yeux qui plongent dans ceux de l'interlocuteur, deux sondes à la recherche de l'émotion, et une phrase courte mais prononcée avec une chaleur contenue — je vous souhaite tout le bonheur possible, je vous ai toujours imaginés ensemble, j'espère que vous ne ferez pas d'enfants, il y a assez de malheureux sur la Terre.

J'hésite une seconde de trop et je reste au milieu des deux — ma voix part dans les aigus et prononce les adjectifs attendus, mais mes bras ne s'ouvrent pas, je lui tiens seulement maladroitement le poignet, je dois lui faire mal d'ailleurs. Je ne parviens pas à sourire autant qu'il le faudrait.

« Ton frère ne t'en avait jamais parlé ? » « Mon frère ne me parle jamais de rien. » « Et tes parents ? » « Encore moins. On est les champions de la communication. » « Et je suppose que je suis encore un sujet à éviter dans ta famille ? » « Il doit y avoir de ça aussi. » « Pourtant, nous invitons parfois Jérôme et Céline. » « Ah... raison de plus pour me le cacher. Je pourrais avoir l'impression que mon frère me pique mes amis. » « Des amis que tu as bel et bien laissés tomber. » « Euh... Je ne pense pas que ce soit moi qui aie mis un terme à notre relation, Fanny. » « Aïe. Terrain miné. » « Et *quid* de Pierre ? » « Pierre est tombé amoureux d'une berline noire, bien au-dessus de ma catégorie. » « Désolé. » « Pas moi. J'ai vécu quelques années difficiles en sa compagnie. Il n'était vraiment pas fait pour moi. » « Je crois que je t'avais prévenue. » « Je crois que tu n'étais pas le mieux placé pour me le dire. » « Sans doute. » « Tout a commencé à se détériorer quand je suis tombée enceinte. J'étais devenue sa propriété. Tu as combien d'enfants déjà ? » « Deux. » « Moi, un seul, un garçon, Thomas, mais c'est bien suffisant, et puis avec la fille d'Olivier, ça fait deux, on recompose, comme on dit. » « Bon, eh bien, on... on aura de toute façon le temps de se parler de tout ça ce soir. » « Et d'autres choses aussi, j'espère. Olivier est un peu nerveux, il a peur que... enfin, je ne sais pas exactement de quoi il a peur, que tu me sautes dessus, ou l'inverse, ou que tu lui en veuilles, bref. » « Je suis marié. » « Mais ta femme n'est pas là. » « Je suis fidèle. » « Oh, alors les choses ont bien changé ! » « Je te retourne le compliment. » « C'est ça, je crois, dont il a un peu peur – que l'ambiance soit électrique. » « Dis-lui de ne pas s'inquiéter. De l'eau a coulé sous les ponts. Et puis, je ne suis vraiment que de passage. Je pense même que je vais retourner chez moi plus rapidement que prévu, et chez moi, c'est à Londres. »

Le portable de Fanny se met à sonner et elle répond avec un geste agacé – une main qui balaye une mèche de cheveux. Je lui fais comprendre avec des signes que je reprends mon chemin et je lui adresse un au revoir silencieux. Je passe par l'accueil du magasin sans avoir rien acheté. Je me retrouve sur le parking. Je m'assieds dans la voiture. Je suis sonné.

Je ne sais pas ce qui est le plus étrange, de la confrontation entre mon souvenir de Fanny et sa nouvelle réalité physique, ou des nouvelles qui sont tombées de ses lèvres comme autant de parpaings sur mes rêves éveillés. Elle est bien sûr mieux avec Olivier qu'avec son concessionnaire automobile – mais, je ne sais pas, je trouvais que Pierre avait une sorte de prestance, un rythme, un déhanché, une sensualité peut-être un peu brute mais réelle. Olivier, c'est autre chose. Olivier, c'est un effacé. Un second plan. Comme je l'étais quand je vivais ici. C'est comme ça d'ailleurs que nous étions devenus amis. Parce que nous nous retrouvions à faire tapisserie, en deuxième partie de soirée. Nous avons partagé des breuvages sucrés pour calmer nos amertumes. Je trouvais que nous étions très semblables.

C'est pour cela qu'il n'est jamais devenu mon meilleur ami.

Parfois, je l'appelais « mon deuxième meilleur ami » et cela me faisait rire, parce que tout le monde sait que c'est un concept qui n'existe pas, une élucubration de faux-jeton. Le « deuxième meilleur ami », c'est celui qu'on appelle quand le premier n'est pas là ou qu'il est occupé à draguer. C'est celui avec qui on a énormément de points communs, tellement que c'en est saoulant. C'est celui qui nous renvoie une image de nous qui nous déplaît. Ce n'est pas exactement un bouche-trou, parce que, des bouche-trous, on en a d'autres — mais c'est quelqu'un qui gravite à la périphérie de notre vie, sans faire de bruit.

Je me souviens que nous ne parvenions pas à avoir de réelles conversations sur les films que nous avions vus. Nous étions toujours d'accord. C'était extrêmement pénible.

Assis dans ma voiture, je me regarde dans le rétroviseur. Je remarque le menton décidé, le regard sévère, la coupe courte — je me dis que, oui, c'est vrai, j'ai changé. Il y a quelques années, une barbe de trois jours me mangeait le bas du visage et lui donnait un aspect fuyant, les yeux étaient d'une mobilité suspecte et les cheveux allaient mourir sur les épaules. Je suis un autre homme. J'espère pour Fanny qu'Olivier aussi.

Je me sens minable.

En plus, j'ai oublié le curry et le cumin.

Il faut que j'y retourne.

*

Je prépare le déjeuner. Ma mère s'est assise dans la cuisine. Elle se sent inutile. Elle voudrait m'aider. Je lui fais éplucher les haricots verts et les pommes de terre tandis que je mets au point la sauce et que, une allumette dans la bouche, je découpe les oignons. Le truc de l'allumette dans la bouche, je le fais depuis mon enfance alors que ça n'a jamais servi à rien. Les oignons me font pleurer comme une Madeleine. Pourtant je me sens bien, là, au milieu des aliments. J'ai toujours aimé cuisiner. Mais je n'en ai que rarement eu l'occasion. Ma mère ne me laissait pas faire lorsque j'habitais ici. Et, avec Étienne, nous n'avions pas assez d'argent − parce que, pour cuisiner vraiment, il faut un minimum d'argent. Ou un potager. Je mettais la main à la pâte, parfois, dans l'appartement où logeait Susan, rue des Charmes. Et puis ensuite, à Londres, bien sûr. Je me rendais utile. J'en ai fait mon métier. Sauf que je ne touche plus jamais un seul ustensile ni un seul ingrédient.

En rentrant du supermarché, je suis allé faire un tour sur le site des Cafés Bleus et j'ai consulté mes mails − il y en avait un de James, en réponse à celui que j'avais envoyé la veille − « Lâche un peu l'affaire, profite de tes quelques jours français, je ne veux pas avoir de tes nouvelles, est-ce que je t'en ai donné l'année dernière, quand je suis parti en vacances ? À lundi prochain − lots of love ». À la fin des messages, les Anglo-Saxons envoient toujours beaucoup d'amour − même à un autre homme. Même à presque quarante ans. C'est réconfortant.

« Je ne dîne pas ici ce soir, tu te souviens ? » « Tu vas chez Olivier, c'est ça ? » « J'ai rencontré

Fanny en faisant les courses ce matin. » « Ah. »
« Je n'étais pas au courant. » « De quoi ? » « Du
fait qu'elle était avec Olivier. » « Ah bon... Je pensais que ton frère t'en avait parlé. » « Eh bien
non. » « De toute façon, ça ne change pas grand-
chose. » Ma mère hausse les épaules, imitant fort
bien la mine désabusée de son mari. « Les gens
font bien ce qu'ils veulent. » « Je trouve que c'est
bien qu'elle ait divorcé. » « Sûrement. Tu sais, ça
ne m'intéresse pas tellement. C'est ses affaires, pas
les miennes. »

Menteuse.
Tricheuse.

Ma mère s'intéresse de près à toutes les histoires
– voisins, famille, amis de ses enfants, conseillers
municipaux, vedettes de la télé. Ma mère se
plonge avec délectation dans les affaires des autres
pour oublier les siennes. Elle n'appréciait pas particulièrement Fanny. Elle la trouvait trop « olé
olé ». Drôle d'expression pour une fille d'origine
germanique. Ses décolletés étaient trop généreux.
Elle était trop expansive. Elle portait des boucles
d'oreilles trop longues. Ma mère doit croiser
Fanny de temps à autre. Elle doit remarquer
qu'elle s'est assagie. Elle regrette peut-être même
les saletés qu'elle a pu sortir sur elle. Non. C'est
impossible. Ma mère ne regrette jamais rien.

Et puis j'ai remarqué l'échange de regards entre
mon frère et elle, samedi soir. Je le comprends
mieux. Faut-il l'informer tout de suite ? Couper

court à ses espoirs d'entrée ? Ou attendre que ça se tasse ? Autant patienter – si ça se trouve, il ne cherchera à joindre personne. Nous l'occuperons. Il n'y pensera plus.

Raté.

Je verse de l'huile dans la sauteuse. Ma mère se lève et replie le torchon qu'elle avait étalé sur ses genoux. Elle me sourit – un sourire un brin acide. Il faut qu'elle aille voir où en est la lessive. Avant de sortir de la pièce, tandis que je jette à la poubelle toutes les épluchures et assemble tous les morceaux que j'ai coupés très fin, elle lance « Tu ne mettras pas trop d'oignons, hein ? tu sais bien que ton père ne les supporte pas ». Et elle referme la porte.

Parfois, je me demande pourquoi j'ai quitté la maison de mes parents si jeune.
Parfois, non.

*

« Et là, c'était en Espagne, la location était super. Il y avait même une piscine. »

Je suis assis dans le salon d'Olivier et de Fanny. Fanny est en train de coucher son fils de neuf ans. La fille d'Olivier est en vacances avec sa mère. Olivier me montre des photos de leurs congés de l'année dernière. Sur la table basse en verre, il y a un martini rouge (Fanny), un pastis (Olivier) et une bière (moi − je voulais un gin tonic, mais ils n'ont pas de gin, ils ont beaucoup ri avec le gin, le gin, c'est tellement anglais, *dis donc, t'es devenu totalement british, toi, hein*), un magazine de sudokus, un autre sur le programme télévisé de la semaine en cours, deux boîtes de perles (Fanny − elle adore fabriquer des colliers de perles − elle fait de la poterie aussi, une fois par semaine, avec une association, c'est vraiment intéressant mais elle changera l'année prochaine, elle s'inscrira aux cours d'ikebana), le volume 6 d'Harry Potter (Thomas − ses parents ne l'ont pas lu, *il paraît que c'est bien, ah bon, tu l'as lu toi, ah bon, tiens, ça ne te ressemble pas*), un bol de cacahuètes et un bol de « mélange sucré-salé » avec des fruits séchés.

C'est l'horreur.

La salle à manger est rustique, d'un rustique clair en vogue dans les magasins de meubles. Tendance « nuit à la campagne ». Un vaisselier mange le mur du fond. Autour de la table du même bois que le vaisselier, six chaises du même bois que la table. Il n'y a aucun espace libre. Une fois attablé, impossible de prendre congé avant la fin du repas, sous peine d'obliger tous les convives à se lever. L'autre solution, pour avoir la paix, c'est de ne jamais avoir de convives.

Le salon a été conçu comme le prolongement de la salle à manger. L'armature en bois du canapé est assortie à la table, aux chaises et au vaisselier. Seule la table en verre fait tache.

Et moi.

Je suis en parfaite empathie avec la table en verre.

Je sens quelques gouttes se former sur mon front. J'ai chaud. J'ai très chaud. Trop chaud. Nous glissons sur des sujets idiots, nous empruntons des autoroutes conversationnelles et nous exécutons un rapide signe de croix pour qu'elles nous amènent sans dommage jusqu'à l'heure du départ. Il a été d'entrée évident qu'Olivier n'avait que très moyennement envie de me revoir. Il a cédé pour ne pas faire d'esclandre. Il a dû se disputer avec Fanny, une dispute dont ils ont du mal à se remettre, et il a accepté de m'inviter en gage de bonne conduite, ou quelque chose dans le genre. Il se force. Il coche mentalement les sujets de discussion que nous avons déjà abordés et remarque avec angoisse que la liste se réduit. Il m'a déjà raconté tout son parcours professionnel − il est resté dans le supermarché où il travaillait et qu'il avait juré de quitter, et bien lui en a pris, finalement, car quand il a décidé de prendre l'ascenseur interne, la chance lui a souri. Il est à présent chef de rayon et on lui donne de plus en plus de responsabilités, parfois trop, il en convient, mais le salaire suit, même si la vie privée en pâtit puisqu'il rentre rarement avant vingt et une heures. Il est souvent fatigué mais il est content quand même. Il pourrait figurer sur la propagande de recrutement de son entreprise. Fanny est encore employée dans la banque où elle travaillait lorsque nous étions ensemble, mais elle aimerait devenir institutrice, parce que c'est mieux quand on a des enfants et que c'est un beau métier, même si c'est difficile. Le problème, c'est qu'elle n'a que le DEUG et que, maintenant, il faut une licence, alors elle va la repasser par correspondance, l'année prochaine. C'est un vrai *challenge*. Un vrai, vrai *challenge*.

L'anglais me fait presque sursauter. J'entends les échos de ma langue nourricière et j'en ai presque les larmes aux yeux. Je paierais cher pour être en ce moment dans un bar de Soho, en train de me saouler avec James. Ou mieux, chez moi, dans la maison de Hampstead Heath, avec les filles – et Susan.

« Et toi, alors, le boulot ? » « Bien, bien. Disons que je ne me plains pas. Ça suit son cours. » « Tu fais dans la restauration rapide, c'est ça ? » « C'est ça. » « Et tu t'es marié avec l'assistante anglaise ? » « Exact. » « C'est rigolo, non ? » « Pourquoi ? » « Ben, je sais pas, le fait que tu sois parti avec elle et tout, c'est une aventure, au fond. » « Ah ça. »

Je joue mentalement au ni oui ni non.
On s'échappe comme on peut.

Je suis au trente-sixième dessous. Je m'étais imaginé une sortie entre hommes avec un Olivier détendu, ironique et bon vivant (le portrait que m'en avait brossé rapidement mon frère il y a quelque temps) et un déjeuner au restaurant, drôle et tendre, détaché mais séducteur, avec Fanny. Je me les idéalisais. Je m'étais figuré qu'ils avaient suivi chacun leur chemin, semé d'embûches, de révoltes, de drames mais aussi de renaissances et de sentiments profonds et je nous voyais bien, apaisés et enrichis, dans la lumière mordorée d'une journée française. À la place, j'ai la glu.

Le marasme.
Les sables mouvants dans un appartement à hurler, au sein d'une résidence à vomir, à regarder des photos de chameaux à Marrakech.

Fanny revient – et c'est pire. Je préférais quand l'autre abruti me gonflait tout seul. Elle s'installe, grignote des cacahuètes comme un petit écureuil et entreprend de vanter mes mérites sans jamais mentionner ceux de son homme. Elle parle du site Internet qu'elle est allée consulter et de l'admiration qu'elle a pour mon parcours. Je bafouille, je minimise mes réussites, je prétends qu'il y a beaucoup de baratin là-dedans, que la réalité est bien plus grise. Je n'ose pas regarder Olivier, qui s'est recroquevillé dans un coin. Je parle de Susan et de mes filles, cela me donne une contenance. Fanny grimace en tentant de sourire, renverse quelques raisins secs et propose de passer à table – enfin, à table... Et elle se met à rire. Elle explique qu'ils n'ont pas voulu faire à manger pour recevoir un roi de la restauration, alors ils ont préféré commander au restaurant chinois qui est un peu plus loin – *ça ne te dérange pas ? Tu aimes bien le chinois? Tu vas voir, leur poulet au miel est un délice. Tu aimes le poulet au miel, n'est-ce pas?*

Oui.

J'aime tout. Du moment que tu te la fermes.

Je propose à Olivier de l'accompagner chercher les plats. Fanny est déçue. Elle voulait parler avec moi. Olivier n'est même pas soulagé. Il aurait préféré être seul. Pendant le trajet, je lui dis que je trouve Fanny un peu nerveuse et que je suis désolé qu'elle me monte en épingle comme ça. Olivier hausse les épaules. Il prétend qu'il n'a rien remarqué. Nous entrons dans le restaurant. Nous n'échangeons plus un mot. Nous sirotons le cocktail maison en attendant les plats à emporter. Nous repartons toujours aussi silencieux. Je voulais lui demander des nouvelles d'Étienne mais je n'en ai même plus le courage. En ouvrant la porte de la résidence, Olivier me demande ce que ça me fait, de revenir ici. Je réfléchis mais il n'attend pas de réponse. Il dit que j'ai eu raison de partir. Il s'arrête. Il ajoute « Quoi qu'on te dise dans les jours qui viennent, sois sûr que tu as bien fait de partir ». Je n'ai pas le temps de demander d'éclaircissements. Fanny a ouvert la porte, elle s'exclame « Ah! le poulet au miel! ».

Le dîner est un enfer.
Fanny m'en veut de ne pas me prêter à son petit jeu.
Olivier m'en veut de rendre Fanny malheureuse.

Lundi

Le poulet au miel est dégueulasse mais on prétend tous qu'il est délicieux.

C'est ma première soirée française hors de chez mes parents.

Je suis radieux.

MARDI

Le portable, le lendemain matin.

Je l'ai laissé ouvert après avoir essayé de joindre ma femme, avant de m'endormir. Avant encore, j'avais consulté les horaires de train pour Paris et les correspondances avec l'Eurostar. On a le droit de rater ses vacances. On a le droit d'avouer qu'on s'est trompé. *Non, ce n'était pas relaxant du tout. Oui, une erreur sur toute la ligne. Non, je ne recommencerai plus.*

Je crois que c'est Susan qui me rappelle. Je m'attends à son timbre clair et aux cris des filles, derrière. Elles détestent quand leur mère téléphone. Elles détestent partager. J'espère que ça leur passera avec l'âge.

À la place, la voix faussement enjouée de Jérôme. Un coup d'œil sur le réveil. Huit heures vingt-cinq. Merde. Il est en vacances, il n'a pas de gosses et il est déjà levé. Comme quoi sa vie doit être palpitante.

« Salut frérot, je ne te réveille pas, j'espère. » « À huit heures vingt-cinq, si. » « Ah bon ? Je croyais que tu te levais aux aurores, l'avenir appartient à ceux qui se lèvent tôt. » « Je ne prétends pas que l'avenir m'appartient. » « Toujours le mot pour rire... Bon, je voulais juste savoir si ça te dérange de manger chinois ce soir, je voulais t'amener à la pizzeria, mais apparemment, ils sont fermés début juillet, c'est ballot, alors il reste indien ou chinois, mais moi, indien, ça me reste sur l'estomac, le curry et tout, et puis ça fait peut-être un peu trop britannique, je me suis dit que tu avais sans doute besoin de dépaysement culinaire, alors j'ai pensé chinois et toi tu en penses quoi ? »

Des relents de poulet au miel dans la gorge.
Même le riz cantonais n'était pas frais.
Va pour le chinois. Après tout, les Asiatiques mangent asiatique tous les jours.
Prions simplement pour que ce ne soit pas le même qu'hier soir.

« Pas de problème, comme tu veux. » « Et l'heure, tu préfères quoi comme heure ? » « Honnêtement, Jérôme, je m'en fous comme de l'an quarante. » « Mais tu veux qu'on prenne un apéritif avant ou pas ? » « C'est toi qui décides. » « Bon, d'accord... euh... je ne sais pas... je te rappelle ou je t'envoie un SMS. »
Je vais le tuer.

Je descends. Ma mère est en train de laver la vaisselle. Elle s'acharne sur une sauteuse, celle dont je me suis servi hier midi. Avant même de dire bonjour, elle lance que c'est quand même sacrément fourbe, le curry − la sauteuse est propre, et pourtant, quand on la réutilise, eh bien, ça sent encore.

Le curry est fourbe.
Et je suppose que la moutarde est franche.

*

« Ça se passe comment, avec les parents ? »

Il traîne dans l'air un parfum écœurant de cigarette froide et de viande faisandée. J'ai arrêté de fumer à la naissance de Sarah, mais, ce soir, j'aurais bien envie de fouiller dans les poches de ma veste, d'en sortir une clope, de l'allumer et de souffler la fumée dans le visage de Jérôme. De la provoc à deux euros, mais qui me ferait du bien, tant il m'exaspère avec ses proverbes, ses vérités toutes faites et sa commisération de fils modèle. Il y a un grain de riz coincé dans le pot de fleurs à côté de nous. Je me demande qui a bien pu cracher un grain de riz aussi loin − et surtout dans quelles circonstances. Il est vingt et une heures. Je suis dans le restaurant chinois dont les plats m'ont presque rendu malade hier soir. Quel pied.

« Ça se passe. » « Tu les trouves comment ? » « Vieux, mais en même temps, je les ai toujours trouvés vieux. » « Tu n'as jamais été tendre avec eux, hein ? » « Faut dire qu'ils n'ont jamais été très tendres avec moi non plus. » « N'exagère pas. »

« Disons que je n'étais pas le fils préféré. » « Trop facile, je ne rentrerai pas dans ce jeu-là. Je ne suis pas le fayot et toi la victime. Les ennuis, tu n'avais besoin de personne pour les trouver, la plupart du temps. » « OK. J'admets. C'était un coup bas. » « Merci. »

Un ange passe dans la salle du restaurant presque déserte. Le grain de riz dans le pot de fleurs, c'était peut-être un concours. Un enterrement de vie de garçon. On joue à celui qui a la plus grosse. Et à celui qui crache le plus loin les grains de riz. Les serveurs rient jaune. Ils savent qu'ils vont devoir tout nettoyer ensuite. Mais ils ne peuvent rien dire, le futur époux est un bon client, chaque semaine, il vient avec sa mijaurée et ils en laissent pour vingt euros chacun, avec en prime de bons pourboires alors que personne ne leur a rien demandé. Ils sont soulagés quand les huit bœufs quittent enfin l'établissement en hurlant « Il est vraiment phénoménal ». Commence le ballet de l'éponge et du torchon, de la serpillière et du seau. Une heure du matin. Ils ferment. Ils sont exténués. Ils n'ont pas vu le grain de riz, isolé de ses autres copains grains de riz, fiché dans le pot de fleurs.

« Je voulais te dire... »

Jérôme surveille la salle du coin de l'œil. Il a peur d'être importuné. Tout à l'heure, il a commencé une phrase de la même façon et le serveur s'est interposé pour prendre la commande. Quand je l'ai pressé de continuer, il a prétendu que ce n'était rien d'important. Je tends le dos pour la confession. Je voulais te dire, *papa a le cancer, maman la sclérose en plaques et moi le sida.* Je voulais te dire, *tu n'es pas le fils d'Hélène et de Jean, tu as été adopté.* Je voulais te dire, *les parents vont divorcer, je vais divorcer et toi aussi tu vas divorcer, ta femme m'a chargé de te l'annoncer.*

Ou alors, un enfant – il s'est collé le grain de riz sur les doigts en s'essuyant la bouche tandis que ses parents riaient avec leurs amis du vendredi, il s'ennuyait, il est descendu de sa chaise, il est allé voir les poissons, ils sont immondes, surtout les poissons nettoyeurs –, il a remarqué le grain de riz en se dirigeant vers l'aquarium, il s'est essuyé la main sur le tronc de la plante verte – le grain est tombé dans la terre.

« Pour Céline, il ne faut pas lui en vouloir. » « Tu me l'as déjà dit et je t'ai déjà répondu que... » Il n'écoute pas. Il ne regarde que la fin de la piste, il ira jusqu'au bout, personne ne le détournera de sa pensée. « Nous traversons des moments difficiles, ces temps-ci. » Un silence. Devant mes yeux, une roue de loterie, à la foire. Allez, roulez jeunesse, qui va gagner le gros lot ? Maladie ? Séparation ? Coup de foudre ? Progéniture ? Accident ? La roue s'arrête sur « progéniture » – un grand « oh » d'inquiétude s'élève de la foule amassée devant le stand. « Nous... enfin, nous savons depuis peu que nous ne pourrons pas avoir d'enfant... ensemble... enfin, mis à part l'adoption, bien sûr, mais je veux dire... naturellement. »

Mon frère dessine des losanges avec l'ongle de son index sur la nappe en papier du restaurant chinois. Ensuite, très consciencieusement, il enfonce son ongle et découpe lesdits losanges qu'il dispose devant lui, comme autant de preuves de son existence. Je voudrais cesser de respirer quelques minutes pour lui laisser toute la place, mais je ne peux pas m'empêcher de poser ma main sur la sienne. Il ne relève pas les yeux – mais il frissonne. À nouveau, ce souvenir de l'orage. Nous courons. Sa main dans la mienne. Nous n'avons pas évité toutes les gouttes. Nous ne nous en sommes pas sortis indemnes.

Il regarde le plafond le temps que les larmes refluent et je me concentre sur le grain de riz. Pas un enfant, non. Il ne faut pas que ce soit un enfant. Plutôt un événement imprévu à l'une des tables. Une bagarre. Un couple illégitime est assis là et le mari entre comme une tornade, l'amant se lève prêt à en découdre, la femme adultère est blanche comme un cachet d'aspirine, les deux mâles se jettent l'un contre l'autre, l'assiette de riz cantonais vole, il y a des cris – quelques heures après, les deux hommes font soigner leurs contusions à l'hôpital local, la cause de leurs maux pleure silencieusement chez une amie, les clients sont partis, la salle du restaurant a été nettoyée à grande eau, ne reste que le grain de riz solitaire.

« C'est moi qui suis en cause... enfin, en cause... c'est toujours bizarre de parler comme ça, et pourtant, je te jure, c'est comme si j'étais coupable... il y a... un déficit de fertilité chez moi, mes... enfin je suis stérile. Tu te souviens des rumeurs qui traînaient au lycée, les mecs qui portaient des jeans trop serrés, la cigarette et les drogues — et on se disait, c'est bien fait, ils n'avaient qu'à faire attention, et puis "stérile", on pensait que c'était un adjectif féminin, un homme n'est jamais stérile, c'est ce qu'on croyait, hein ? »

Son regard qui s'enfuit — vers la vitre —, et de l'autre côté, la rue, la ville, les collines, plus loin encore. Il voudrait être plus loin encore.

« Apparemment, ce serait... enfin, il y aurait de plus en plus de cas — la stérilité masculine est en augmentation — à cause des pesticides dans l'eau, de l'environnement qui se dégrade — c'est comme si l'humanité préparait elle-même son tombeau — elle empêche les humains de se reproduire pour que moins de gens périssent dans le dernier naufrage — mais tu sais quoi, toutes ces explications... » Il reste un moment silencieux, son regard s'incruste dans le spectacle nocturne de la ville qui nous a vus grandir. « Ça me fait une belle jambe — non, ce n'est pas la bonne expression, je m'en bats les couilles. »

Le rire qui suit est étonnamment clair. Il ne déraille qu'au milieu de l'éclat.

« Je suis désolé. » « Je ne vois pas de quoi. Tu n'es pas responsable de la santé de mes spermatozoïdes. » « Ça fait longtemps que vous essayez de faire un enfant ? » « Cinq ans la semaine prochaine.

Je crois qu'on est passé par tous les stades. On a vu des tas de spécialistes. Céline voulait tenter la fécondation in vitro. Mais ça ne servirait à rien, vu les résultats des analyses. » « Vous allez vous adresser à une banque du sperme ? » « Non. Céline est contre et moi, ça ne me met pas à l'aise de ne pas savoir qui est le père – enfin, tu sais, je dis ça, mais nous changerons peut-être d'avis, nous avons déjà changé d'avis des dizaines de fois. » « Et l'adoption ? »

Il hausse les épaules et, pour la première fois, il me fait penser à son père – mon père – le nôtre.

« Bien sûr, on va y réfléchir. Seulement... il faut laisser passer du temps et puis cela en prendra encore plus de remplir la paperasse, de se rendre aux entretiens préalables, pour l'instant c'est... enfin, bref, voilà, je souhaitais que tu sois au courant pour que tu n'en veuilles pas trop à Céline, c'est... elle est... bon, tu as vu par toi-même. » Je ne réponds rien. J'acquiesce. Des mots et des images me traversent la tête en vrombissant.

Les grossesses de Susan. Son ventre qui répondait à mes sollicitations. La salle d'accouchement. Les yeux de Sarah, fichés dans les miens – elle venait de sortir du ventre de sa mère. Le pied d'Iris – son deuxième et son troisième orteils sont collés, c'est sa marque de fabrique, nous n'avons pas voulu la faire opérer – elle décidera par elle-même, plus tard. Je n'aurais pas pu ne pas être père.

Je ne m'en suis pas rendu compte tout de suite. Je ne l'ai su que lorsque Susan m'a annoncé qu'elle était enceinte. Jusque-là, la paternité était un concept que je n'évoquais que du bout des lèvres. Je ne me sentais pas concerné. Je savais que, tôt ou tard, le problème se poserait − et je le concevais en terme de problème. Et puis Susan a arrêté la pilule. Elle ne m'en a pas informé. C'était un risque à prendre. Elle m'a mis au pied du mur. Elle me connaissait bien. Elle savait que c'était comme cela qu'il fallait me prendre. Elle avait trente et un ans, moi trente-deux. Elle n'aurait pas avorté, elle l'avait déjà fait une fois, à dix-huit ans. Elle ne le regrettait pas, mais cette fois-ci, il était temps pour elle d'être mère.

Elle est entrée dans l'appartement. Elle venait de faire les courses. Elle avait acheté du champagne, du foie gras et des blinis. J'ai demandé ce qu'on fêtait. Elle a répondu sans me jeter un coup d'œil. Je me suis assis. J'avais reçu un coup sur la tête. Elle n'a pas couru prendre des sels dans l'armoire à pharmacie. Elle a continué à déballer les courses − du citron, de la truite fumée, des achards de légumes. J'ai articulé « D'accord », elle a souri briè-vement, elle m'a entraîné dans la chambre, nous avons fait l'amour. C'est un très beau souvenir.

« J'imagine que tu nous vois comme le couple niais par excellence. » Je reste silencieux. Il n'y a rien d'autre à faire. La dénégation serait mal vécue, alors qui ne dit mot consent. « J'imagine que tu n'es pas le seul. C'est une impression qu'on peut avoir de l'extérieur. Mais évidemment, ce n'est pas aussi simple que ça. Les gens d'ici le savent. » « Comment ça, les gens d'ici ? » « Les gens qui nous côtoient tous les jours, les gens qui nous accompagnent et que nous accompagnons. » « Vos amis. » « Pas seulement. C'est plus large que ça. Enfin, en tout cas, ils savent. » « Quoi par exemple ? » Par exemple « que Céline m'a déjà trompé ».

Je venais de prendre une bouchée de riz – je m'étrangle – c'est d'une classe folle. Un grain de riz se retrouve en suspension sur le coin de la nappe. Il a envie de s'échapper vers le sol, mais il n'ose pas, c'est quand même le grand saut. Et s'il n'y survivait pas ? Oui, mais tout plutôt que de rester coincé et de finir dans la gueule d'un de ces deux crevards. Il plonge. Bon vent.

« Désolé. Je l'ignorais. » « Je sais. » « Tu n'es pas obligé de me raconter. » « Sauf qu'on est un peu là pour ça. Je ne t'aurais pas invité à dîner si je ne voulais pas laver mon linge sale devant toi. » « Pourquoi tu me déballes tout ça ? Tu vas me dire en plus que tu as un cancer, que tu vas crever bientôt et que tu voudrais que je m'occupe de ta femme, c'est ça ? » « Parce que ça se fait, entre frères, non, de se raconter des trucs sur sa vie ? Et puis parce que ça fait du bien d'en parler, tout simplement, surtout à quelqu'un qui n'est pas aussi proche qu'il le devrait et qui, donc, a une certaine distance. Ça te va comme explication ou il faut encore que je développe ? » « Accouche. »

Le verbe est parti tout seul. Il attendait, tapi, sous la langue, prêt à mordre. Je ne me rends compte de sa violence qu'une fois qu'il a atteint mon frère en plein visage. Je le regrette. Sincèrement. Je n'ai pas l'habitude de frapper un homme à terre. Je n'ai de toute façon pas l'habitude de frapper un homme. Je ne me bats pas. J'esquive. Je cours autour du ring jusqu'à épuisement de l'adversaire. Et, ensuite, je prends la poudre d'escampette.

« Il n'y a pas grand-chose à dire. Il y a quelques années, Céline... enfin... bon, par un enchaînement de circonstances, elle... elle est tombée amoureuse, mais en fait, je ne sais même pas si elle était vraiment amoureuse ou si elle avait juste envie de changement et de ne pas être confite dans notre histoire à tous les deux... ou si c'était de la pitié ou de la compassion, enfin, ce n'est toujours pas clair mais... elle m'a trompé... oh, pas longtemps, tu sais... elle... enfin, c'était très digne, tu sais... même l'autre gars... surtout lui... il ne voulait pas faire du mal... il a quitté notre vie très vite... il... il était très embarrassé... Il y a eu quelques semaines de confusion... » « Et tu as pardonné ? » « Oh, tu sais, je pense surtout que c'était de ma faute... J'ai toujours pensé qu'on allait chercher ailleurs quand on n'était pas satisfait chez soi. »

Mon frère est un saint.
Stérile.
Cocu.
Mais saint.
De toute façon, les saints sont bien stériles par nature et cocufiés par la vie, non ?

Jérôme sourit. Doucement. D'abord, un étirement timide, qui se met à rayonner sur le menton, le nez, les oreilles, le visage tout entier. Il dit « Quand je raconte ça, à la suite, on a l'impression que tous les malheurs du monde me sont tombés dessus, mais ça va, tu sais, ça va, je suis heureux, dans la vie quotidienne, j'ai un boulot que j'adore, beaucoup d'amis, une femme de rêve, des parents pas trop dépendants, je suis sûr qu'une fois le choc passé on va adopter et ça ira, tu verras, ça ira. »

Je suis en pleine ascension sociale. Je suis marié. J'ai deux filles. L'argent commence à rentrer à flots. Pour la première fois, je voudrais bien qu'une partie de mon existence se détache pour aller combler celle de mon frère. Le fossé est trop grand. Il me déséquilibre. Nous pourrions lui donner une des filles. Ou une troisième, que nous ferions juste pour lui. En cadeau. Mais qu'est-ce que je raconte ? J'ai envie d'entendre la voix de Susan. Qu'elle m'assure que je vis dans un autre monde. Un monde où les enfants s'endorment en rêvant de gentils dragons et de lapins qui parlent. Un monde d'où la douleur est absente. Je veux entendre la voix de mes filles. Elles me manquent. Putain, elles me manquent.

« Papa et maman sont au courant ? » « De quoi ? » « De tout ça. » « Pas vraiment. Mais tu sais, avec eux, on ne sait jamais ce qu'ils ont deviné ou ce qu'ils ignorent réellement. Un jour ou l'autre, il va falloir que je leur dise, pour les enfants. Enfin, bon, je me dis que des petits-enfants, ils en ont, donc c'est moins grave. » « Je ne sais pas si on peut raisonner comme ça. » « Moi non plus, mais je ne peux pas m'en empêcher. Tu n'as pas l'air d'aimer le bœuf aux oignons. » « Tu veux que je te dise ? Je ne veux pas chipoter, mais je trouve que la bouffe dans ce resto, vraiment, c'est... Déjà, hier, Olivier avait commandé des plats et c'était dégueulasse... pourtant, j'aime bien la cuisine asiatique, mais là, sincèrement... le poulet au miel, il m'est resté là. » « Et ce soir ? » « J'ai pris l'option je picore dans mon assiette et j'en mets un peu partout pour faire semblant d'avoir mangé. » « Comme quand tu étais petit. » « Je détestais que tu finisses ton assiette, tous les jours, comme ça, avec le sourire. » « J'ai le sens du sacrifice. » « La cuisine de maman, c'était vraiment un supplice. Je trouve qu'elle s'est améliorée. » « Elle a pris des cours. » « Sérieux ? » « Sérieux. Quand tu as acheté le premier restaurant. » « Non, j'y crois pas. »

Jérôme sourit. Franchement. J'aime bien le voir sourire.

« Tu sais, un autre truc que je déteste, en plus de ce restaurant, c'est que tu m'appelles frérot. » « Je ne t'appelle jamais frérot. » « À chaque fois. » « Sérieux ? » « Sérieux. »

Je vois ses dents.
L'incisive qu'il a légèrement de travers et qui casse la régularité et la blancheur des autres, dont j'ai toujours été jaloux.
Sa touche d'humanité.

C'est mon frère.

Je ne sais pas ce que cela devrait recouvrir. Je sais seulement qu'un termite a rongé le mur d'agacement. Cela devrait me faire plaisir. Cela me fait seulement flipper. J'ai bâti mon existence anglaise sur mes certitudes françaises − je n'ai pas envie qu'elles soient ébranlées.

Je garde entre mes doigts un grain de riz que j'ai sciemment prélevé du plat infâme dans lequel j'ai butiné. Alors que Jérôme se dirige vers la caisse, je le pose discrètement dans la terre du pot de fleurs. Il doit être content, l'autre, maintenant. Il a un copain. Un frangin cantonais. Un siamois.

JEUDI

Nous sommes là, tous les deux, debout. Nous ne nous tenons pas la main, mais je sens la chaleur de ses doigts, à quelques millimètres des miens. On entend le bruit assourdi de la ville. Près de nous, un criquet s'évertue à mimer l'été. Nous ne disons rien. Il n'y a rien à dire.

Je suis là, avec ma belle-sœur. Debout.
Je me sens vivant.

Il n'y a personne d'autre que nous.

Depuis hier, ma belle-sœur et moi.
Depuis hier, nous respirons le même air.
Encore quelques minutes avant de tout rompre. Avant de tout laisser sortir.
Encore quelques minutes, nous deux, seuls, ici, debout, vivants.

Hier matin encore, je ne l'aurais pas cru. Hier matin, je ne croyais plus en rien.

Je suis resté longtemps étendu sur le lit de mon ancienne chambre repeinte en blanc, les yeux grands ouverts, les bras le long du corps. Je cherchais une fissure au plafond. Avant la réfection, il y avait une grande fissure au plafond. Elle semblait le couper en deux. Une ligne brisée en de nombreux endroits. Une ligne de vie complexe. Je m'y perdais, les jours d'ennui, les matins maladifs ou les nuits insomniaques. J'imaginais deux pays, une frontière. Des histoires d'amour, des deux côtés de la ligne de faille. Des appels au secours, des évasions. Des heures entières, perdues dans la contemplation. J'ai changé. J'ai beaucoup changé. Je ne perds plus de temps dans l'observation. Dans la passivité. Je n'en perdais plus, tout du moins, jusqu'à aujourd'hui. Non. Jusqu'à hier. À vrai dire, cela a même dû commencer mardi soir, avec le grain de riz. Et avec mon frère. Le mari de ma belle-sœur. Le mari de la femme qui se tient à mes côtés et dont j'entends la respiration calme et profonde.

J'ai mis du temps à me lever, hier matin.

Je n'avais plus envie de rien.

Quatre jours chez mes parents – j'étais une loque au milieu d'un passé en haillons. Un ex-deuxième meilleur ami qui n'était plus que l'ombre de son ombre, une ancienne fiancée à l'amertume à peine contenue, des parents transparents, une belle-sœur hostile, un frère saint, cocu et stérile – joli tableau. Je me félicitais de n'être pas resté dans ce pays confit dans ses traditions et ses croyances, dans ce pays encore persuadé d'un rayonnement mondial dont les touristes visitaient les vestiges, dans ce pays roi de l'immobilisme social et économique. J'avais fait le bon choix. Tourner le dos à l'échec programmé, une volte-face – et embrasser l'avenir au risque de s'empaler dessus.

Je me félicitais mais j'étais victime de la paralysie ambiante. Je commençais à avoir des difficultés à me mouvoir. Un lumbago de l'esprit. Une sciatique de la mémoire. Je savais qu'il était désormais inutile de lutter. Le mieux était de se rouler en boule et d'attendre. Attendre la fin de semaine libératrice. Je vérifiais plusieurs fois par jour mon billet de train retour, samedi matin, départ dix heures cinquante-cinq – je quitterais la maison à pied, vingt minutes de marche, toujours ça de gagné. Je ne cherchais plus à m'évader. Trois jours à patienter, gazé, chloroformé dans la province française. Mercredi, jeudi, vendredi. Ne plus tenter de rencontres. Des contacts réduits au minimum. Rester poli et gentil avec ma mère. Éviter mon frère et sa femme pour ne pas ressentir ce mélange nauséabond de compassion et de mépris. Ne plus tenter de rechercher qui que ce soit – Étienne encore moins que les autres. Je préférais mon souvenir de lui que n'importe quelle nouvelle réalité. Surtout, croiser au loin des restaurants asiatiques et refuser toute invitation.

Et puis s'enfuir.

J'avais rêvé au cours de la nuit de l'annonce de l'arrivée de l'Eurostar en Grande-Bretagne. La gare internationale d'Ashford. La porte d'entrée à toutes les voies du possible.

Il y a dix ans, lorsque le ferry s'est immobilisé près des côtes anglaises et que nous avons descendu le pont, Susan et moi, j'aurais voulu embrasser le sol. Je ne l'ai pas fait parce que j'avais peur de l'embarrasser. Qu'elle ait honte de moi. Mais je me souviens que les digues intérieures ont cédé. J'ai eu l'impression d'être sauvé.

J'ai pensé à Étienne aussi. Je lui ai souhaité mentalement tout le bonheur du monde. J'étais persuadé qu'avoir rompu notre routine allait lui permettre de prendre un nouveau départ. Je me suis promis de lui téléphoner toutes les semaines. Je ne l'ai jamais fait. Au départ parce que mon épopée n'était pas reluisante et que je n'étais pas sûr de vouloir admettre mes erreurs. Ensuite, quand le vent a changé et que les perspectives se sont ouvertes, parce que je ne voulais pas avoir l'air de frimer. J'ai hésité à un moment à lui proposer de nous rejoindre, de tenter sa chance lui aussi, au sein de ce qui devenait mon pays d'accueil. J'ai appelé une fois notre ancien numéro, je suis tombé sur un répondeur anonyme, j'ai laissé un message. Je n'ai pas insisté. Peut-être tout simplement parce que je n'avais pas envie de le revoir. De me retrouver face à ce que j'avais été.

Et puis la paresse aussi.
Le manque de courage.
Parfois, composer un numéro de téléphone, c'est beaucoup plus difficile que de négocier avec les

banques et de monter de ses propres mains une affaire qui tourne. Je comptais sur Susan pour le contacter. Mais Susan avait retrouvé ses amies, son environnement, et elle s'occupait de mon avenir, aussi.

Le lien s'est rompu.

Je ne pensais pas à lui quand je suis descendu en ville hier après-midi. C'est étrange d'ailleurs, ce verbe « descendre », alors qu'il n'y a dans cette ville ni pente ni colline. Pas même un faux plat. Tout est terriblement horizontal.

Je ne pensais à rien quand je suis descendu en ville hier après-midi. J'avais juste comme vague projet de trouver un cadeau pour les filles et pour Susan. Un parfum peut-être. Je voulais aussi acheter quelques CD de chanson française — cela ne m'était pas arrivé depuis longtemps et j'avais envie de me tenir au courant de ce qui se faisait de ce côté-ci de la Manche. Mon frère m'avait donné quelques noms d'artistes et j'avais mesuré la distance qui me séparait de mon pays d'origine — je ne connaissais aucun des chanteurs cités.

Il faisait chaud.

La température montait graduellement depuis que j'étais arrivé et le soleil redevenait la menace qu'il avait été trois étés auparavant, quand les petits vieux claquaient à tour de bras dans leurs appartements étouffants, ignorés de tous. Au pays de la liberté, de l'égalité et de la fraternité.

Je me suis arrêté dans la rue piétonne. Je sentais la sueur qui commençait à couler dans mon dos. Bientôt mon tee-shirt serait trempé. La luminosité était très forte. J'ai mis ma main en visière. La chaleur faisait trembler les silhouettes sur la place de l'hôtel de ville.

Quand j'ai aperçu ma belle-sœur, j'ai d'abord cru à un mirage.

Elle me fixait, comme le soir où elle était venue dîner chez mes parents.
Elle ne souriait pas.
J'ai hésité à faire semblant de ne pas l'avoir vue. À passer devant elle, l'air de rien, avec la démarche un peu gauche de celui qui prétend être absorbé dans ses pensées. Elle ne m'aurait pas appelé. La semaine se serait poursuivie. Une lente agonie. Samedi matin, dans la gare de Waterloo, j'aurais enlevé le scaphandre. J'aurais survécu de justesse. J'aurais pompé toutes mes réserves en oxygène.

Mais c'était compter sans ma politesse.
Ma bonne éducation.
Ce qu'on nomme parfois de la diplomatie et qui n'est souvent qu'un manque criant de couilles.
Je suis allé vers elle. Elle n'a pas baissé les yeux. Elle ne m'a pas invité à m'asseoir. Tout ce que j'ai fait, je l'ai fait de mon plein gré.

J'avais pitié d'elle. C'est étonnant ce stock de pitié que j'avais accumulé en quelques jours, moi qui réprouve cette gélatine compassionnelle.

110

Je repensais à mon frère, la veille au soir. À ce désir d'enfant non assouvi. Aux croisements des routes. Par moments, elle devait souhaiter ne jamais avoir rencontré Jérôme. Elle devait rêver à un autre homme, dans une autre ville – un univers parallèle où elle habitait, comblée, avec deux enfants – peut-être même trois. Elle ne s'occupait pas des sans-abri, elle n'avait pas de temps pour les autres, elle ne se consacrait qu'à son propre bonheur, sa famille, sa tribu.

Nous sommes restés silencieux de longues minutes. Le serveur est passé. J'ai commandé un café. Je tournais la cuillère avec lenteur. Je me suis rendu compte que, bizarrement, je ne me sentais pas mal à ses côtés. Mieux que ça, même. Je me sentais bien. Je venais de me formuler cette phrase quand elle a pris la parole.

« Alors, Jérôme vous a parlé hier soir ? » « Oui. » « Je peux savoir de quoi ? » « Il faudrait le lui demander à lui. » « Je suppose qu'il a dévoilé notre problème. » Un rire cassant, et pourtant friable. Elle reprend, un sourire en coin, « C'est lui qui parle tout le temps comme ça, il dit *notre problème,* il a du mal à ne pas enrober les choses, à ne pas les dédramatiser. » « Il vous aime vraiment. » « Vous en doutiez ? Pas moi. » Je la regarde. Son visage se découpe sur l'arrière-plan de la rue piétonne. Il n'y a aucune trace d'agressivité dans son regard. Aucune dureté. Mais elle me scrute. Elle me fouille. Elle voudrait en savoir plus.

« Et Olivier et Fanny ? » « Pardon ? » « Vous avez discuté de quoi ensemble ? » « Oh, rien de particulier... la vie, la routine... pourquoi ? » « Pour rien. Simple curiosité. » « Vous vous intéressez à moi ? » « Plus que vous ne croyez. » « Ça me dérange. » « Vous pensez que je vous drague et que, comme je ne peux pas vous séduire parce que je suis votre belle-sœur, je deviens amère et hostile ? » « Un peu. Je... À vrai dire, j'ai un peu de mal à vous situer. Nous n'avons jamais beaucoup parlé et vous avez... enfin, je vous trouve tellement changée, mais c'est peut-être une illusion d'optique. Peut-être simplement que je ne vous connais pas. » « Vous avez remarqué qu'on se vouvoie ? » « On ne le fait pas d'habitude ? » « D'habitude, on ne s'adresse pas un mot. » « Je suis désolé de ce qui vous arrive. » « Moi aussi. Et je suis aussi désolée de ce qui vous arrive. » « Pardon ? »

Ses yeux dans mes yeux. Elle s'est légèrement penchée en avant. Elle m'embrasse du regard. Elle voit ma peau qui respire. Les pores qui s'ouvrent et se ferment comme autant d'anémones de mer sur le corail. Elle voudrait plonger encore. Emprunter le chemin oculaire pour aller ausculter les organes. Descendre le long de l'œsophage, tourner autour des poumons, toucher la membrane cardiaque.

Elle s'extrait tout à coup de la contemplation. Je sens le feu sur mes joues. Ma belle-sœur est folle. Ma belle-sœur m'intimide. Ma belle-sœur m'inquiète. Je convoque les images de Susan, d'Iris et de Sarah. Elles ne me sont d'aucun secours.

« Ils ne vous ont rien dit. »

Ce n'est pas une question. C'est une constatation. Il y a dans la phrase de la lassitude et de l'affliction. Elle a un bref sourire, incongru, et puis elle me passe la main dans les cheveux. Elle brosse une mèche, comme pour en enlever de la cendre. Elle a quitté mes yeux. Je reste immobile. Je ne veux pas gâcher la suspension du temps. Je veux rester là, dans cet interstice, avec elle. Il n'y a plus que nous deux. Mais l'ombre gagne, je la sens. Elle est autour de nous. Elle est derrière. Elle est devant. Je la hume. Je la flaire. Je reconnais cette odeur, pourtant je ne parviens pas à mettre un nom dessus. Il faut que tu m'aides, Céline. Il faut que tu me guides.

« Pour Étienne. »

Il y a un moment stupéfait.
Un manque de réaction. Une ouate des sensations. C'est ton parfum, Étienne. Je reconnais ton parfum. Quelque chose qui rappelle les sous-bois. Les fougères. C'est toi, derrière elle, devant moi. Je ne sais pas ce que tu fous là. Depuis le temps que je cherche à te joindre. Je suis au bout du chemin.

« Quoi Étienne ? »

Je n'ai pas besoin de réponse. Les yeux de ma belle-sœur ont retrouvé les miens. Ils sont comme des paumes ouvertes. Des bras pour bercer. Ils me protègent de la violence du choc. Ils forment un matelas de douceur.

Sa main s'est posée sur ma main. Elle empêche le tremblement qui vient de gagner mes doigts. Elle ne me lâche pas. Je m'accroche à elle. J'entends les bruits alentour, ils se détachent dans l'après-midi. Une femme qui parle à son chien. *C'est bien, oui, mon chéri, c'est bien.* Le serveur qui raconte une anecdote. *Et alors, le mec se carre en face de moi et il me dit « on se connaît non ? »* Un rire. Des cuillères qui tintent. Je cherche ton visage, Étienne. Je cherche ton visage et je ne le retrouve pas. Ça me fait peur. Où est-ce que j'ai foutu ton visage ? Aide-moi, merde. Tu ne vas pas rester comme ça.

Là.
Voilà.
Je t'ai presque.
Ne bouge pas.
Le visage anguleux. Les yeux d'un bleu clair et vif. Les boucles brunes. Le nez droit que je t'ai toujours envié parce que le mien se casse en plein milieu et que je sais qu'avec le temps il va grossir et s'enlaidir. D'ici peu, j'aurai recours à la chirurgie esthétique. Tu n'en auras pas besoin, Étienne. Tu n'en aurais pas eu besoin de toute façon.

Je pourrais presque te toucher. Tu es dans la cuisine, en face de moi. Tu me regardes. Tu te forces à sourire. Tu as déjà dit que tu étais content pour moi. Que tout cela prenne tournure. Qu'il aurait de toute façon fallu à un moment ou à un autre se résoudre à cette séparation. Nous n'aurions pas pu vivre comme ça jusqu'à quatre-vingts ans. Tu dis tout ce que je voulais que tu dises. Toutes les paroles que j'aurais dû prononcer, moi. Tu me délivres d'une culpabilité qu'au fond je n'éprouve pas. Tu veux alléger une conscience qui m'est une plume. Je ne réponds rien. Il y a deux sacs à côté de moi. Un grand rouge et un bleu que je mettrai sur mon dos. J'attends que Susan vienne me chercher. Tu étires tes bras. Tu prétends que tu es un peu fatigué. Tu t'es couché trop tard hier soir. Il n'y a que moi pour savoir que c'est ta façon de ne pas te laisser submerger par l'émotion. Je devrais t'en savoir gré parce que je ne saurais pas comment réagir si tu te mettais à chialer. Et pourtant je t'en veux. Je t'en veux de ne pas te laisser déborder. Je t'en veux de ne pas te jeter dans mes bras pour me supplier de rester. Je me répète que si tu me demandais, là, d'abandonner tous mes projets pour ne pas te laisser seul ici, je le ferais. Je sais que c'est totalement faux. Je n'en peux plus.

Je n'en peux plus de vivre ici. Je n'en peux plus de vivre avec toi. Je n'en peux plus de ces femmes qui me jettent un œil désapprobateur et qui se demandent quand je vais me résoudre à être adulte. *Tu as vingt-sept ans, quand est-ce que tu vas le comprendre, tu n'es plus un adolescent, il faut prendre tes responsabilités.* Je n'en peux plus de la moue des secrétaires de direction et des directrices d'agence temporaire quand je leur soumets ce CV de deux pages qui ne rime à rien – je n'en peux plus de la cruauté de leur sourire quand, après quelques instants, elles lancent

« C'est que, en manutention, pour l'instant, nous n'avons rien, et c'est ce qui vous correspond le mieux ». Je n'en peux plus de voir les autres aller quelque part et moi non. Et toi non plus. Je n'en peux plus qu'ensemble nous coulions. J'aime les moments que nous passons ensemble, Étienne. J'aime les années que nous avons partagées, les rires qui nous surprennent au milieu des soirées et la communion qui s'est établie entre nous, mais je ne t'aime pas assez pour disparaître avec toi.

Tu dis que tu as quelques courses à faire ce matin, tu demandes à quelle heure Susan doit venir – dix heures et demie – tu ajoutes que tu seras rentré avant – nous nous reverrons tout à l'heure – tu souris encore, tu souris toujours, je n'arrive pas à te voir autrement qu'en train de sourire, tu répètes tout le temps que tout ira bien, qu'on s'en sortira, que nos lendemains seront radieux. Je m'en sors tout seul. Tu quittes l'appartement en lançant un de tes « À tout à l'heure » tonitruants et optimistes – ceux-là mêmes qui me vrillent les oreilles maintenant que je ne peux plus voir dans cet appartement autre chose qu'un taudis sordide.

Susan est ponctuelle. Elle sonne à dix-heures vingt-cinq. Je passe la tête par la fenêtre. Elle est rayonnante. Nerveuse aussi. Elle aimerait être déjà de l'autre côté de la Manche. Son année sabbatique est terminée. Elle veut reprendre le cours de son existence. Elle se demande pour la énième fois si elle a eu raison d'accepter que je l'accompagne. Elle ne nous voit pas d'avenir. Mais quand elle lève les yeux vers l'immeuble que nous habitons, quand elle revoit l'appartement, elle se dit que de toute façon, c'est une bonne action. Cela me permettra de me secouer, de voyager un peu. Je serai sûrement de retour dans quelques semaines ou dans quelques mois mais avec un peu de chance, j'aurai pris du plomb dans la tête et je serai déterminé à changer de direction. Elle a une pensée pour Étienne aussi, mais elle n'est pas très inquiète pour lui. Elle se doute que je le retrouverai bientôt et que cette coupure dans notre amitié sera bénéfique. Elle nous imagine dans quelques années, stables, reposés, intégrés − nous partirons ensemble dans les Landes avec nos femmes et nos enfants respectifs − nous aurons loué une grande maison à Hossegor, nous admirerons les surfeurs.

À dix heures trente, je descends. Je ne suis pas surpris. Je savais que tu ne reviendrais pas. Tu as voulu éviter cette gaucherie des derniers moments. Cette difficulté à se comporter. Les bras qu'on effleure. Les joues mal rasées qu'on embrasse furtivement. Le nez qui voudrait s'attarder dans le cou et qui s'attache aux odeurs. Les yeux qui brillent et la lèvre supérieure qui se retient de trembler.

Je pose les sacs dans le coffre de la voiture de Susan. J'inspire un grand coup. Je jette un dernier regard sur l'immeuble − puis sur la rue où j'ai vécu pendant neuf ans. Et c'est là que je te vois.

Au coin de la rue piétonne, à une cinquantaine de mètres. Tu es assis sur une des bittes d'amarrage qui empêchent les véhicules de passer. Tu ne bouges pas. J'ai une seconde d'hésitation. Susan s'est installée au volant. Elle klaxonne. Elle lance « Tu viens maintenant ? », alors je viens maintenant. Je fais comme si je ne t'avais pas remarqué. S'imprime sur ma rétine le jean gris et le tee-shirt rouge. Je me promets de te téléphoner demain. Et au moins deux fois par semaine. Et ensuite, tu pourras me rejoindre. À la conquête de la terre des Angles. Je ne sais pas encore que je disparais à moi-même. Je ne sais pas encore que je ne donnerai que de rares signes de vie dans les cinq années à venir. Et jamais à toi, Étienne. Jamais à toi.

Neuf ans.

Comment ai-je pu partager neuf ans de ma vie avec toi ?

La seule explication – je ne les ai pas vues passer.

Et du jour au lendemain, un oubli, une omission.

Je pensais souvent à toi, bien sûr. Pendant les premiers mois, plusieurs fois par jour. Je notais les détails des rues anglaises et je me promettais de te les rapporter. De te décrire par le menu ces gens dont j'avais croisé le regard, ces avenues que j'arpentais, la lumière sur les parcs pluvieux – et puis ce drôle de mélange au fond de moi – de l'envie, de la rage, de l'impuissance, de la témérité, de la haine et de la chaleur. Je contrôlais tous mes gestes, toutes mes paroles. J'avais peur à chaque instant de me faire jeter de la vie que je tentais de bâtir. J'avais peur à chaque instant de retourner au point de départ. Et le point de départ, c'était toi.

J'étais d'une grande douceur avec Susan.

Elle m'a avoué par la suite que c'est ce qui la faisait le plus flipper. L'eau qui dort. Le calme avant la tempête. Elle trouvait que j'avais les manières policées d'un serial-killer en gestation. Elle a même failli tout abandonner pour ça. Elle s'était préparée à des phases de dépression, à des pentes mélancoliques qu'elle m'aurait appris à remonter. Elle avait anticipé des moments d'exaltation suivis de plongées vertigineuses. Elle disait qu'un expatrié devient facilement bipolaire parce qu'il est écartelé entre deux mondes aux approches souvent radicalement différentes. Mais je ne rentrais pas dans son schéma. Je faisais échec à toutes ses prévisions. J'étais souriant, courtois, extrêmement silencieux, d'une agilité et d'une discrétion insoupçonnées. Et surtout d'une politesse exagérée. Une presque obséquiosité qui la mettait mal à l'aise. Elle ne me reconnaissait pas.

Je ne suis revenu à moi que progressivement, lorsque le projet des Cafés Bleus a été lancé, en fait – peu de temps après, Susan est tombée enceinte. J'avais un travail stable, peut-être même fructueux. Une femme qui acceptait de devenir la mère de mes enfants. Je me fondais au décor. Personne ne pourrait me renvoyer en France.

Avec le temps, mon pays d'origine s'est mué en cauchemar. J'en parlais comme d'une décharge d'illusions, un dépotoir des rêves. Je l'imaginais pourrissant sous les paperasses et les grandiloquences. Je plaignais tous ceux qui ne s'étaient pas exilés.

Mais surtout, j'en parlais le moins possible.

Il m'arrive souvent de rencontrer des hommes d'affaires français. Nous nous serrons la main, nous devisons, nous échangeons des données. Nous sommes bien élevés. Nous n'allons jamais fouiller dans le passé des autres. Chaque fois que nous nous séparons, je mets quelque temps avant de retrouver Londres. La langue. La langue se glisse dans mes oreilles. La langue s'enfonce dans ma gorge. La langue enfle mes poumons. Je n'ai pas d'autre langue. J'ai beau me plier en quatre pour que l'anglais supplante le français – rien n'y fait. La langue reste. Elle est intacte.

Les mots se sont bloqués quelque part dans l'œsophage et quand ils sortent enfin, ils sont comme viciés. Le timbre s'est éraillé en route. Mes souvenirs ont attrapé une laryngite.

Je veux savoir quand.
Je veux savoir comment.

Ma belle-sœur me tient toujours prisonnière en son regard. C'est ma geôle. C'est mon filet de protection. Je découvre dans ses yeux une douceur que je ne lui connaissais pas. Elle ne me veut pas de mal. Elle ne m'a pas annoncé la couleur pour que je m'effondre. Elle trouvait simplement ahurissant que je ne sois pas encore au courant.

Parce que c'était il y a quatre ans déjà.

Quatre ans et demi, même. En février.

Ma belle-sœur soupire. Je fixe le mur de la mairie. Je me sens immobile. Statufié. Pas un muscle ne bouge. Mon temps s'est arrêté pendant que celui des autres continue de couler. Ma belle-sœur me pose la main sur le bras. C'est un contact étrange – presque froid. Pourtant nous sommes en plein soleil. En juillet.

Je parle à nouveau. Cela m'étonne. Je suis comme dédoublé. Je m'entends prononcer les mots et je n'en reviens pas – je ne me souviens pas avoir donné l'ordre à mon cerveau d'articuler des sons. Ma voix est étrange, elle aussi. Métallique. Il y a des pauses entre les mots, on dirait que j'ai perdu la ponctuation. Je parle en morse. Je demande pourquoi je n'ai pas été prévenu. Ma belle-sœur hausse les épaules, elle répond qu'ils en ont beaucoup parlé, mon frère, mes parents, même mes anciens amis. Mais quand c'est arrivé, ce n'était pas le moment. J'étais à l'hôpital – pour Sarah. J'avais déjà bien assez de soucis comme ça.

L'hôpital, avec Sarah.

C'était un dimanche matin. Nous étions allés à St. James's Park, pour nous promener au milieu de l'herbe gelée et des cygnes qui frissonnaient. Février nous offrait un soleil splendide et glacial. Londres se transformait en capitale balte. Et puis, au retour de la promenade, tandis que je préparais le déjeuner, j'ai entendu cet étrange bruit. Rauque. Un appel au secours des voies respiratoires. Je me vois encore, une fourchette à la main, fronçant les sourcils, en train de me diriger vers le salon. Et là, dans son parc, livide, ma fille. Elle faisait tout ce qu'elle pouvait pour trouver de l'air. Elle ressemblait à ces poissons que l'on vient de pêcher et qui, sur le pont du bateau, frétillent en espérant retrouver l'eau et le sel. Elle n'avait plus assez de force pour nous appeler. Susan est arrivée derrière moi. Nous n'avons presque pas parlé. Nous nous sommes jetés dans la voiture.

Pendant le trajet.

Toutes les phrases qui traversent l'esprit. Des prières, moi qui ne crois plus en quoi que ce soit depuis des lustres. Je tentais de retrouver l'organisation des phrases, qu'y avait-il après « que Ton nom soit sanctifié, que Ton règne vienne » ? D'un seul coup, cela revêtait une importance capitale, si je ne retrouvais pas la suite, il n'y aurait pas non plus de suite pour ma fille – elle allait mourir là, une vie de onze mois, onze minuscules mois, Susan et moi serions incapables de supporter le choc, nous nous séparerions, je laisserais tomber le boulot et mes projets, je serais incapable de penser à quoi que ce soit d'autre qu'à la perte, j'en oublierais le sommeil et la raison, je finirais absorbé par l'ombre, dans les rues anglaises, ou françaises, oui, c'est ça, je retournerais mourir en France, un Rimbaud sans poèmes, une catastrophe terrienne, un raté.

Je voyais l'embranchement se dessiner. Nous étions juste devant, Susan, Sarah et moi. D'un côté, nous remontions vers la lumière, rapidement, tout cela n'était qu'un malentendu, un frisson destiné à nous faire prendre conscience de notre chance. De l'autre, nous nous dirigions sous terre, là où pourrissent les jonquilles, là où les pissenlits n'ont même plus de racines.

Dans la voiture, j'avais froid.

À chaque feu rouge, je mettais ma main sur le genou de ma fille – elle tremblait. Elle était terrorisée. Susan la tenait dans ses bras, sur la banquette arrière. Nous faisions tout notre possible pour lui maintenir la tête hors de l'eau.

Je ne veux jamais revivre ça.

C'était une crise d'asthme.

Unique.

Isolée.

Sévère.

Une semaine à arpenter les couloirs de l'hôpital. Elle allait mieux. Elle était épuisée. Elle avait perdu du poids. Je lui tenais la main la nuit. Il fallait sans cesse surveiller sa respiration. Prévenir au moindre signe d'alarme. Noter le moindre ronflement. Nous nous sommes relayés, Susan et moi. Il n'y avait plus rien d'autre que les néons de l'hôpital, les enfants alités dans des cages de verre, deux tracteurs en plastique dans le coin jeux, et les allées et venues des aides-soignantes et des infirmières. Quand je repartais, la luminosité me forçait à cligner des yeux.

Elle s'en est sortie

Nous nous en sommes sortis. Hors de son lit, hors de l'hôpital, elle était si fragile. Nous l'avons protégée. Nous l'avons couvée comme des poules jalouses. Nous nous sommes repliés sur nous-mêmes. Ce n'est que lorsque Susan a été enceinte d'Iris que nous nous sommes à nouveau ouverts au monde autour de nous. Que nous avons recommencé à sortir. Les médecins ne s'inquiétaient plus pour la santé de Sarah, elle semblait tirée d'affaire, il n'y avait pas eu de rechute et maintenant, elle était plus grande, elle saurait reconnaître les signes avant-coureurs et prendre ses dispositions. Elle devait simplement se promener avec ses tubes de Ventoline et de Bécotide, même s'ils faisaient de plus en plus figure de talismans.

La semaine à l'hôpital a scellé notre pacte. J'étais avec Susan, je le resterais. Il n'y aurait pas d'autre union possible. Si entre nous les choses se gâtaient, alors je vivrais seul, quelques aventures peut-être, mais rien de bien signifiant. Rien de comparable.

Cette semaine-là, non, je n'étais pas disponible. Ni la semaine suivante. Ni le mois suivant. Ni l'année en cours. Ni celle qui lui a succédé.

Je murmure que je comprends. Céline sourit. Elle répond « Pas moi ». C'est comme une gifle. Je m'arrache des couloirs de l'hôpital et du visage de ma fille. Je fixe celui de la femme qui ne peut pas avoir d'enfants. Elle passe sa main sur son cou. Elle dit que cette semaine-là, sans doute non, mais toutes les autres, ils auraient pu m'avertir. Ils ne l'ont pas fait. Elle a essayé à de nombreuses reprises de les y pousser. Mes parents, mon frère, mes prétendus amis, mon ex, tous. Elle est revenue plusieurs fois à la charge. Toujours le même ventre mou. Un air-bag qui absorbe les chocs et vous renvoie à votre propre détresse.

Plus loin. Plus tard. Après tout, cela ne changera rien. Et puis il est parti, non ? Et depuis longtemps. Il n'a jamais donné de nouvelles à Étienne. Laisse-le tranquille. On ne peut plus rien y faire.

Elle a abandonné. Jusqu'à ce qu'ils apprennent il y a quelque temps que j'allais venir ici, seul. Pour rien. Quand Jérôme a reposé l'appareil, elle l'a fixé. Elle ne le lâchait pas. Il a fini par céder. Il a promis qu'il m'en parlerait. C'était pour ça, la sortie au restaurant. Pas pour s'apitoyer sur son propre sort. Pas pour étaler leurs problèmes intimes au milieu des nouilles chinoises.

Elle est en colère.

Je lui demande pourquoi, cette rage qui fait écho à la mienne. Je lui dis que je trouve ça étrange, parce qu'elle ne connaissait pas bien Étienne et qu'elle ne l'appréciait pas plus que cela. Elle ne répond pas. Ses yeux s'attardent sur mon épaule, sur l'omoplate saillante et sur la montée du cou. C'est un regard indécent. Je devrais réagir et, pourtant, je la laisse faire. Ma belle-sœur me trouble. Il faut que je me dégage de ses marécages. Tu ne coucheras pas avec la femme de ton frère surtout quand tu l'as toujours méprisée et prise pour une dinde. Elle prononce quelques mots. Sa voix a perdu de sa dureté. Elle ondule dans un champ de colza. Elle est d'un jaune éclatant. Elle dit que si je veux des détails, elle peut me les fournir, mais qu'autrement Jérôme le fera avec déplaisir. Elle sourit à son bon mot. Elle m'a ferré. Et maintenant elle me lève. Je demande comment.

Comment il est mort.

J'ai du mal à articuler la phrase tout entière. Je bute sur les mots. Je revois brièvement des instantanés – un tee-shirt jaune sur une chaise, Étienne qui court après le bus qu'il vient de rater, une soirée perdue dans les années quatre-vingt-dix pendant laquelle il écoutait une jeune fille originaire d'Amérique du Sud lui raconter ses impressions françaises, son profil se détache sur le linteau de la cheminée, il y a ce charme insolent, parfois j'ai appris à le détester, ce charme, il m'empêchait de vivre et de réussir.

« De froid. »

Les deux mots sont lâchés dans la torpeur de juillet. Aux tables des cafés, les touristes sont écrasés par la canicule commençante. Le premier mot sautille de chaise en chaise, l'air moqueur, léger, « de », « de », « de » et puis le second arrive, le bouscule, le plaque à terre où ils s'écrasent tous deux et ne se relèvent pas, hébétés par la violence du choc. « De froid. »
Les deux mots montent et descendent doucement le long du corps, ils en font le tour et le testent avant de frapper la tête, de plein fouet. Ils caressent le duvet des mains et la barbe naissante et puis sou-

dain, tous les muscles se tendent, une tétanie de la raison.

Personne ne meurt de froid.

J'ai parlé à haute voix. Je ne m'en suis pas rendu compte. Céline me jette un regard oblique. Elle hoche la tête. Si. Bien sûr que si. Chaque jour dans le monde, des gens meurent de faim, de soif ou de froid. Elle en sait quelque chose. Elle travaille comme bénévole dans une association humanitaire tandis que je fais fortune en nourrissant le dixième de la planète qui se soucie de son surpoids.

Comment ça, de froid?

« Vous êtes sûr que vous ne voulez pas plutôt l'entendre raconter par Jérôme ou par Fanny, je ne sais pas, quelqu'un qui vous soit plus proche, ou qui... » « Vous aime davantage ? » « Qu'est-ce que vous en savez, de mes sentiments pour vous? Qu'est-ce que vous en savez, des sentiments de qui que ce soit à votre égard? » « Je croyais que nous avions enterré la hache de guerre. » « La hache de guerre, elle est bel et bien enterrée. Il est mort de froid près des rails de la voie de chemin de fer, à une quinzaine de kilomètres d'ici, il allait vers le nord, c'était février, il était saoul, il était totalement saoul, à un moment il était trop fatigué, il s'est couché sur le ballast, il ne s'est jamais réveillé. »

Je me suis levé. Instinctivement. J'ai besoin de marcher. Je bouscule une table. Une chaise en plastique vert tombe. Je ne la relève pas. Je fais quelques pas dans la rue piétonne. J'ai du mal à trouver mon équilibre. On me regarde d'un œil soupçonneux. On s'écarte un peu. Des fois que je devienne dangereux. Céline me prend par le bras. Sa poigne est vigoureuse. Je la laisse me guider. Elle devine que j'ai besoin de bouger les jambes, les bras. Mes muscles se sont engourdis, un plongeon dans l'eau glacée, d'un seul coup, je ne peux plus respirer, j'ai le souffle coupé.

Un jour, Étienne et moi.

Nous nous étions mis en tête de courir, deux fois par semaine, parce que nous avions remarqué que nos corps commençaient à s'empâter et puis aussi parce que cela nous faisait un but, dans la semaine. Une preuve d'existence. Nous courions le long d'un canal, à quelques kilomètres de la ville. Il n'y avait pas d'arbres, pas de maisons, pas de ponts, rien. Un village à l'horizon – c'est là que nous reprenions notre respiration, pour repartir dans l'autre sens. Un aller-retour. Cinq à six kilomètres. Nous pensions que nous allions détester ça et abandonner rapidement, mais très vite, nous nous sommes aperçus que nous éprouvions du plaisir à être là, loin de tout, dans un décor dénudé, à vider nos poumons et nos têtes de tout ce qui menaçait de nous étouffer. Cela a duré presque six mois. La dernière fois, c'était l'été.

Nous avons vu les nuages noirs s'accumuler à une vitesse stupéfiante, à l'horizon. Nous étions à la moitié de notre course. Nous reprenions des forces en soufflant à grand bruit. Le vent, d'un seul coup. Nous avons levé les yeux au ciel. Nous n'avons pas pipé mot. Nous nous sommes remis à courir. Vite. Le plus vite possible. Revenir à la voiture, garée à trois kilomètres, au début du parcours. Un seul éclair, sur la droite, foudroyant un arbre – et puis l'avalanche de grêle. Des grêlons comme des billes d'acier et nulle part où s'abriter. Il fallait continuer à courir, en pestant, en hurlant. La grêle a redoublé. Nous étions trempés jusqu'aux os. Et là, j'ai été saisi.

L'impression de sombrer.

L'impossibilité d'avancer – celle de crier aussi.

Étienne continue à courir, les cheveux dans les yeux, les vêtements collés à la peau et je ne peux plus faire un geste. J'ai froid. J'ai tellement froid. Je vais crever là, sur le bord du canal. En pleine course. Comme un con.

Et puis Étienne se retourne. Il me voit à peine tant la grêle est forte. Je suis debout, je penche en arrière sous les assauts de l'orage, il me comparera plus tard à un roseau. Le roseau de la fable de La Fontaine. *Je plie mais ne romps pas.* Sauf que je vais rompre. Je le sens dans tout mon corps. Je vais rompre.

Je vais rompre.

Il est là, soudain. Il demande ce qui se passe et, avant même d'avoir terminé la phrase, il se rend compte de mon état. Il pense à l'hypothermie. Il me prend dans ses bras. Il colle son corps au mien. Il me protège des balles qui tombent avec une régularité impressionnante. Il parle. Des phrases sans queue ni tête. Il dit que tout va aller bien, qu'on ne reviendra plus, que bientôt tout s'arrangera, on habitera une grande maison avec nos deux femmes et nos trois enfants, trois enfin même peut-être quatre et puis on aura un jardin, on y prendra l'apéritif le soir, le soleil descendra, il y aura de la douceur, tellement de douceur.

La grêle s'arrête net.

Les nuages se déplacent. Ils atteignent les villages un peu plus loin. Nous les voyons déverser leur colère sur les toits en ardoise. Sur nous, le soleil est revenu. Étienne se détache. Il regarde par terre. J'ai honte de m'être laissé aller. Un homme qui court, ça doit pouvoir résister à tout. J'ai honte d'avoir eu besoin de protection. Surtout de la protection d'Étienne. C'est mon sauveur et je lui en veux. Alors je le remercie mais le mot claque comme un coup de fouet. Il ne répond pas. Il marche devant moi, la tête toujours baissée. Il fait comme s'il n'avait pas entendu.

« Viens. »

Je pensais entendre la voix d'Étienne et c'est celle de ma belle-sœur qui résonne. Les images se superposent. Un orage, Jérôme et moi, je lui tiens la main. Un orage, Étienne et moi, il me couvre de son corps. Protecteur protégé. Depuis que je suis en Angleterre, je swingue entre les gouttes. Je les déjoue. J'ai pris l'ascenseur social et je suis monté

tellement haut que je domine les nuages. Les tem-
pêtes sont en dessous. Je les ai matées.

Les jambes se détendent.
Les bras retrouvent leur souplesse.
Le cou a perdu de sa rigidité.
Je suis de retour.

Je marche dans la rue piétonne avec ma belle-
sœur. Nous nous éloignons ensemble du centre-
ville. Elle pousse une petite grille verte. Nous
entrons dans un parc. C'est un jardin public dans
lequel j'allais souvent lorsque j'étais adolescent. J'y
donnais rendez-vous à des amoureuses qui ne
venaient pas toujours. J'y écoutais des plus âgés que
moi jouer de la guitare sur l'herbe. J'y ai dormi une
fois, beaucoup plus tard. Étienne avait ramené dans
l'appartement une fille dont j'étais secrètement
amoureux. J'avais entendu leurs voix, leurs rires et
le début de leurs ébats – la fille en question n'était
pas avare en cris et râles divers. J'ai jugé que je
n'étais pas obligé de supporter ça. Je suis sorti sans
faire de bruit. J'ai marché dans les rues. Le parc
était devant moi. Des rumeurs en faisaient le point
de rencontre des prostituées africaines et des toxi-
comanes, mais je n'avais rien à perdre. J'ai trouvé
un bosquet de buissons, à quelques mètres du sen-
tier principal. Je me suis allongé. Mon blouson
comme oreiller. Le bruit de la circulation, assourdi.
Je me suis endormi. Lorsque je me suis réveillé, il
faisait grand jour.

Céline s'assied sur un des bancs en bois vert. Je me demande si j'aurais pu tomber amoureux d'elle, à quinze ans. Probablement. Je n'étais pas difficile. Pour peu que la demoiselle me trouve quelque charme, je succombais. Avec un peu de chance, nous sortions ensemble. Au bout de quelques jours, de quelques semaines peut-être, elle me plantait deux grosses bises sur les joues en me disant que j'étais un mec super mais que, bon, ça n'allait sûrement pas marcher entre nous et puis elle avait rencontré un autre gars, très différent, tu comprends.

« Il a dormi ici parfois. »

Je fronce les sourcils. Je n'ai pas très bien saisi. Ma belle-sœur s'en rend compte. Elle rectifie. Elle transforme le « il ». Elle dit « Étienne ». Il, c'est Étienne. Je, c'est moi. Vincent.
Je m'appelle Vincent.

Le froid. Le parc. Le ballast. Céline à la table de la salle à manger, chez mes parents, posant sa fourchette, la tension dans sa voix quand elle dit « J'ai vu un reportage sur les SDF hier soir ». Les pièces d'un puzzle se mettent en place progressivement, mais je refuse l'image qu'elles forment. Tandis que les mains expertes de ma belle-sœur assemblent le vert des feuillages et les traces noires sur la main vieillie prématurément, j'essaie de me détourner du tableau qu'on veut me faire voir. Je n'y parviens pas. Alors je prononce les mots.

« Il n'a pas dormi là par choix, c'est ça ? » « C'est ça. » « Il... Enfin, comment... Je ne comprends pas. » « Personne ne l'a vu glisser. Il est devenu très discret. Et puis un jour il a disparu. Nous ne nous sommes pas inquiétés. Nous pensions qu'il avait trouvé un boulot ailleurs, ou qu'il avait décidé de rejoindre sa famille dans le Sud. Nous avons juste été surpris qu'il ne nous ait pas prévenus, enfin, je dis "nous", mais je ne m'inclus pas dedans, je n'avais pas de relations avec lui, et Jérôme non plus d'ailleurs, pas vraiment, et au bout du compte on a réalisé que personne ne le connaissait réellement et qu'à part toi, Vincent, il n'avait pas d'amis intimes, juste des connaissances, vous en étiez arrivés à vivre vraiment comme un couple qui tient les autres à distance. » « Sauf qu'il y avait souvent des filles chez nous. » « Mais elles ne restaient pas long-temps, pas assez longtemps en tout cas pour espérer entrer dans votre vie. » « Il y a eu Susan. » « Oui. Il y a eu Susan. »

Ses yeux dans le Café du Musée. Ma phrase per-due, un appel à l'aide sous l'apparence d'une for-mule de séduction lourde. Elle secoue la tête et murmure « Les Français, mon Dieu ! ». Cliché contre cliché. Je sors du bar. La rue de la Cité est aussi longue et déprimante que mes perspectives d'avenir. Je me demande si un jour je finirai dans une encoignure de porte ou sous un porche. Je fris-sonne. Je cherche des échappatoires. Le visage de cette fille me revient en pleine face. Elle pourrait être ma planche de salut.

Je veux savoir.

Je veux savoir comment on laisse un garçon jeune, en bonne santé, souriant, un garçon qui séduit facilement les filles, un garçon que tout le monde aime bien et à qui on ne connaît aucun ennemi — comment on le laisse un jour pour le retrouver mort de froid sur une voie ferrée une nuit de février.

Ma belle-sœur sourit — mais c'est comme si le cœur n'y était pas. Elle passe une boucle de cheveux derrière son oreille. Elle dit qu'elle veut bien me raconter mais qu'elle ne veut pas être interrompue. Elle veut bien jouer le rôle de la conteuse mais je ne dois jamais oublier que ce n'est pas un conte. Il n'y a pas une once de fiction là-dedans. Pas de héros. Pas de fées. Pas d'ogre. Personne d'autre qu'Étienne. Fanny. Jérôme. Elle. Moi. C'est par moi que tout commence.

Par mon départ.

Et tandis qu'elle cherche les mots pour que le cyanure des phrases produise le meilleur effet, j'aperçois ta silhouette. Assise. Au coin de la rue piétonne.

« C'est très simple, tu sais. Simple et implacable. Quand tu es parti, il n'a pas réussi à payer le loyer, l'électricité et le téléphone tout seul. Il a cherché un autre colocataire mais personne ne voulait habiter avec Étienne, tu comprends, c'était trop bizarre et puis, il était un peu trop marginal. D'ailleurs, je ne crois pas non plus qu'il le souhaitait. Il demandait comme ça, au hasard. Sans réelle conviction. Je sais, il t'avait raconté qu'il n'y avait aucun problème, qu'il avait des vues sur un petit studio qui lui conviendrait très bien. Rien n'était vrai. Pas vrai non plus les contacts avec sa mère et son beau-père qui lui proposaient d'aller habiter chez eux. Il ignorait même l'adresse de sa mère. Il a essayé de la retrouver, à un moment, mais elle s'était évaporée. Le gars qu'il a eu au bout du fil suggérait de chercher en Italie. Elle aurait divorcé à nouveau et déménagé près de Rimini. Étienne a abandonné. Il se disait que si elle le voulait vraiment, elle le retrouverait, elle. Que ce n'était pas à lui de faire les démarches. Il avait ce boulot, tu te souviens, il rangeait des cartons de jouets dans un entrepôt. Pour joindre les deux bouts, il a essayé de cumuler deux emplois, un truc de nuit où il faisait de la surveillance. Il n'a pas tenu le choc. Personne ne tiendrait le choc. Il ne dormait plus. Il a fini par se faire virer du magasin de jouets, il ne restait plus que la surveillance du parking souterrain, et le travail de nuit, ça l'a coupé de tous ceux qu'il voyait encore un peu. Des filles aussi. Et puis... il en avait moins envie, des filles. Tu sais, il y avait cette drôle de rivalité entre vous, un truc pas très clair si tu veux mon avis, il aimait bien t'épater avec ses conquêtes, je crois, ou alors il voulait t'humilier parce qu'il était amoureux de toi, enfin tu vas encore dire que c'est de la psychologie de bazar, toujours est-il qu'il s'intéressait moins aux filles. Et les filles s'intéressaient moins à lui aussi. Parce qu'il commençait à se négliger. Il achetait des fringues au rabais. Et puis l'alcool, au bout d'un moment, surtout un alcool qui n'est plus réellement festif, ça marque. Il... Il a sombré. Un peu comme un navire, tu vois. Pendant longtemps, on distingue encore la coque, le pont avant qui s'enfonce lentement, on a l'impression que ça va durer comme ça éternelle-ment et puis, à un moment, ça craque. Trois mois d'impayés, il s'est fait virer de l'appartement comme un malpropre. Mais tout ça, tu vois, on ne le savait pas. Personne ne l'a su. Un jour, Olivier a demandé à Jérôme s'il avait des nouvelles de toi — pas vraiment — , des nouvelles d'Étienne — pas davantage. Je me souviens de la phrase de Jérôme "Tiens, c'est vrai, ça fait longtemps qu'on ne l'a pas vu, Étienne, il faudrait qu'on l'invite un jour", un jour qui n'arrive jamais évidemment et pendant ce temps Étienne dort dans le parking qu'il surveille — il se retient à la corde tant qu'il peut, il s'accroche, les dents serrées. Il tient deux ans, presque trois. Et puis un jour, il lâche. Il lâche tout. »

Le profil de ma belle-sœur. Son nez légèrement en trompette. Les lèvres qui sont restées entrou-vertes — elles laissent passer de l'air, une brise dans cet après-midi caniculaire, un peu de fraîcheur dans la sueur du récit. La sueur. La crasse. Le rance.

Elle cherche dans son petit sac à main en cuir bleu — un sac parfait pour la fille parfaite qui fait de parfaites petites courses dans de parfaites petites boutiques et qui se sent parfaitement bien dans sa petite vie parfaite. Elle en sort un paquet de cigarettes. Un briquet. Elle allume la cigarette avec dextérité. Presque avec classe. Elle aspire une longue bouffée qu'elle rejette avec un soupir d'aise. Ma belle-sœur fume. Ma belle-sœur aime fumer. Ma belle-sœur tranche avec joie dans sa petite vie parfaite. Elle découpe, elle taille, elle cisaille. Elle transforme son existence modèle en tartare de petite vie parfaite. L'ensemble ne ressemble plus à rien. Ma belle-sœur intercepte mon regard. Elle dit « C'est la seule consolation à ne pas avoir d'enfants – au moins, je ne tue que moi-même, à petit feu, et j'emmerde le monde ».

Je n'ai pas fumé depuis des années.
L'odeur est puissante. J'avais oublié son attrait.
Je ferme les yeux.
Ma belle-sœur enchaîne, ses phrases forment des ronds de fumée qui viennent fouiller sous mes paupières. Des cercles qui s'accrochent les uns aux autres. Des petits trains qui s'éloignent dans la campagne. À côté des rails, il y a celui qui était mon meilleur ami. Qui n'a plus froid maintenant. Qui n'a plus jamais froid.

« Il a quitté la ville, avec un petit sac à dos. Il avait vaguement l'idée d'aller dans le Sud pour retrouver sa mère, à Rimini. Il s'était mis dans la tête qu'il descendrait par petites étapes en trouvant du boulot sur le chemin. C'était la fin du printemps, il ferait les récoltes, les vendanges et puis quand l'hiver arriverait, il serait en Italie et il fait toujours beau en Italie. Je ne pense pas qu'il y croyait, à ses âneries. Il se forçait simplement à y croire. Il s'était rodé un discours, un écran pour éloigner les autres et pour amortir sa chute.

Il n'est pas allé plus loin que Dijon. Là, il pleuvait. Il a parlé avec un mec qui traînait dans la rue aussi. Il a eu l'adresse d'un squat, un peu à l'écart du centre-ville. Il y est resté, il ne savait plus exactement combien de temps. Les jours ne comptent pas quand tu vis au plus près. Quand tu dors d'un œil et que la première urgence au matin, c'est de trouver un peu d'argent ou de quoi manger. Il a trempé dans toutes les combines, il ne s'est jamais vraiment fait pincer, bien sûr il s'est retrouvé au poste deux ou trois fois, ils ont vérifié son identité, ils ont même voulu l'aider, une fois, mais il a refusé et, tu sais, ils ne peuvent pas faire grand-chose, les flics, à part sermonner et parfois même compatir. »

De la fumée sort de sa bouche.

Je pense aux diseuses de bonne aventure.

Je pense aux gargouilles de la cathédrale.

À la Pythie sur son tabouret, dans les contes et légendes que nous lisait Mlle Feinte, le professeur d'histoire-géographie des sixièmes 4.

À la main d'Étienne lorsqu'il me faisait passer le joint.

« C'est là que Fanny intervient. »

J'ai l'impression qu'on vient de me pousser le long d'un très très long toboggan jaune. J'atterris sans ménagement. Je me laissais bercer par la voix qui racontait la triste et belle histoire d'un ami disparu, j'en étais tout ému. Mais voilà que soudain apparaît la femme stressée, l'amatrice de vacances au Maroc et de vaisseliers en bois clair. Mon ex. Qu'est-ce qu'elle vient foutre là? Ma belle-sœur s'est retournée et suit tous les changements que fait naître sur mon visage la mention de mon ancienne amoureuse. Froncement de sourcils. Nez qui se plisse. Œil qui s'agrandit. Début de moue réprobatrice. Elle sourit. Elle sait qu'elle me tient. Plus je frétille et plus l'hameçon m'arrache la gueule.

« Fanny était en week-end chez des amis à Dijon avec son mari et son fils. Le samedi après-midi, les hommes sont restés ensemble, elle est partie faire du shopping avec sa copine, genre on s'éclate en accumulant les sacs, c'est tellement drôle. Elles se sont garées au parking souterrain et quand elles sont sorties de l'ascenseur, Étienne était là, allongé. Il dormait. Les bras autour du corps, pour se protéger du froid qui persistait. On était en avril. Il avait quitté notre ville depuis deux ans. Fanny dit qu'elle ne l'a pas reconnu tout de suite. Ce qu'elle a reconnu tout de suite, c'est le pull-over orange et noir, à capuche. Celui qu'elle t'avait offert et que tu détestais. La première chose qui lui a traversé l'esprit, en quelques millièmes de seconde, c'est que le clochard avait dû récupérer ce pull dans une poubelle et que personne ne mettait plus ce genre de trucs désormais. Elle s'est souvenue de ta tête, tu avais vingt-trois ans, cela n'allait déjà plus entre vous, trois ans, bientôt quatre que vous étiez ensemble et le couple battait de l'aile, elle comprenait bien que tu ne voulais pas habiter avec elle et que l'idée de passer tes jours et tes nuits à ses côtés t'effrayait plus qu'autre chose, mais le pull orange et noir à capuche, ça avait été la goutte d'eau. Elle croyait sincèrement te faire plaisir et toi tu avais blêmi, elle en rit quand elle le raconte maintenant, tu avais vraiment blêmi et tous tes muscles s'étaient affaissés, elle avait compris qu'elle s'était trompée et en même temps, dans un éclair, elle avait compris qu'elle ne savait pas qui tu étais, qu'elle ne connaissait presque rien de toi au fond, elle s'était dit "c'est fini", elle avait pris la décision de rompre deux jours après, même si ça lui avait fait mal aux tripes, même si elle savait qu'elle allait le regretter, tu ne l'aimais pas un point c'est tout, et elle n'était pas folle au point d'imaginer que cela changerait un jour; elle n'avait pas envie de souffrir davantage.

« Elle repense à tout ça, en quelques centièmes de seconde, dans le hall du parking souterrain pendant que sa copine pérore sur les achats qu'elles vont faire et lance, en jetant un œil sur le corps étendu par terre, "Alors ça, tu vois, c'est la plaie, les zonards qui traînent au centre, il faudrait vraiment tous les placer à l'extérieur de la ville, parce que ça fait tache et puis même, on ne se sent plus en sécurité, moi, je me balade toujours avec du gaz paralysant". Fanny dit que c'est comme dans un film au ralenti, elle passe devant le gars, elle regarde le pull, elle remonte vers les yeux et là, elle le reconnaît.

« Elle le reconnaît – la courbe des cils, le dessin du nez – malgré la peau qui semble presque huileuse, malgré la lèvre fendue. Pourtant, elle ne réagit pas. Elle n'arrive pas à intégrer l'image dans une histoire. La silhouette reste là, choquante, chaotique, prise entre deux mondes. Fanny se détourne et son amie l'entraîne dans les rues commerçantes. Elles lèchent une ou deux vitrines, et puis Fanny prétend avoir oublié sa carte de crédit dans la voiture, horreur, malheur, elle propose à son amie de la rejoindre dans une vingtaine de minutes un peu plus loin sur la rue, devant le magasin de lingerie. L'amie glousse. Fanny dit que d'un seul coup, elle a vu cette fille, qui avait été sa meilleure amie quelques années auparavant, comme une dinde. Une vraie dinde. La femelle du dindon. Avec l'appendice rouge qui pendouille en dessous du bec et cet air perpétuellement outragé et amer.

« Elle a marché de plus en plus vite. Elle s'est engouffrée dans le hall du parking souterrain hors d'haleine. Des usagers allaient et venaient. La porte automatique s'ouvrait et se fermait sans cesse. Étienne ne bougeait pas d'un poil. Elle s'est inquiétée. Elle l'imaginait mort, là, sans que personne ne s'en soucie. Elle s'est approchée. Elle s'est accroupie. Elle a vu la poitrine se soulever à intervalles réguliers. Elle a vu les ongles cassés et sales. Elle a respiré les odeurs fortes et tenaces. Elle a touché la manche de la veste ouverte. Elle a touché le cordon du pull-over orange et noir à capuche. Étienne a sursauté, elle a fait un bond en arrière. Une femme s'est arrêtée, elle a demandé à Fanny si elle avait besoin d'aide, mais Fanny a murmuré que non, non, tout allait bien. Étienne ne s'est pas réveillé. Fanny est ressortie. Elle s'est assise sur un banc. Elle dit que les images dans sa tête défilaient sans s'arrêter. Elle ne parvenait pas à se calmer et à retrouver une cohérence, une ligne directrice. La première chose à laquelle elle a pensé, c'est à appeler Jérôme. Pour connaître le numéro de téléphone de son frère. Ton numéro de téléphone. Et puis elle s'est ravisée, elle s'est dit que c'était idiot, que cela faisait maintenant cinq ans que tu étais parti, elle avait entendu parler de ton mariage, de la récente naissance de Sarah. Elle a laissé tomber.

« Elle n'a pas pu l'oublier.

« Elle a raconté plus tard qu'elle ne se souvenait plus vraiment de ce qui s'était passé ensuite, ce week-end-là. Elle a rejoint son amie mais au milieu des cintres et des cabines, elle ne voyait plus rien. De temps à autre, des éblouissements. Le pull-over orange et noir avec une capuche. La courbe des cils d'Étienne. Elle se rappelait que tu étais parfois jaloux de lui. Tu disais que tout était trop facile pour lui, dans le rapport aux autres, dans la séduction. Elle se moquait de toi, mais intérieurement, elle te donnait raison. Elle avait trouvé Étienne très attirant, lorsqu'elle l'avait rencontré pour la première fois. Plus attirant que toi. Moins, quand elle l'a mieux connu. Elle pensait qu'on ne pouvait pas lui faire totalement confiance et qu'il y avait une dureté au fond de lui, un mur qu'on n'arrivait pas à abattre, une cloison bien étanche.

« Elle dit que ce soir-là, elle s'est couchée tôt. Elle se sentait nauséeuse – les amis dijonnais avaient soupçonné un début de grossesse, il était temps que l'aîné ait un petit frère ou une petite sœur, quatre ans de différence, ça commençait à faire beaucoup. Son fils avait gémi dans son sommeil. Elle était allée s'asseoir à ses côtés et elle lui avait caressé le front. Mais, en fermant les yeux, elle s'était rendu compte que ce n'était pas son fils qu'elle cajolait. Elle reconnaissait la texture des cheveux, la douceur de la peau, malgré les blessures, les gerçures et la saleté. Elle s'était réveillée en sursaut. Son fils la regardait fixement. Il lui avait demandé si elle allait bien.

« Le dimanche – un cauchemar. La pluie d'avril. Et l'angoisse.

« Elle en sourit quelquefois. Tout est encore très précis pour elle. Elle dit que c'est à partir de ce jour-là qu'elle s'est détachée de son mari et qu'elle a commencé à voir l'ampleur du désastre. Le gouffre qui les séparait et qu'aucun pont ne pourrait jamais franchir. Pendant le trajet de retour, elle a parlé d'un ancien camarade de classe qui était devenu sans-abri et son mari a répondu que c'était bien dommage. Elle a insisté. Elle en était proche. Elle l'aimait bien. "C'était ton amoureux ?" "Non, bien sûr que non." "Ah ben tant mieux." "Pourquoi tant mieux ?" "C'est jamais classe d'avoir un délinquant comme ex." "J'ai dit SDF, pas délinquant." "Même différence." Elle avait allumé la radio.

« Une deuxième nuit sans dormir, à se répéter qu'il fallait faire quelque chose, même quelque chose de ridicule, de déplacé, de raté, de nul. De l'eau pour apaiser sa conscience en feu. Elle n'était pas dupe. Elle savait qu'elle le faisait autant pour elle que pour Étienne.

« Elle s'est arrangée pour croiser le chemin de Jérôme, le lendemain soir. Comme d'habitude, ils se sont souri et ont échangé un bonjour discret. Jérôme a toujours apprécié Fanny. Il dit qu'elle était très gentille avec lui quand vous étiez ensemble. Ils se rencontraient parfois en ville et elle lui demandait des nouvelles de ses études et de ses amours, elle le traitait un peu comme un petit frère, elle se disait que bientôt, sans doute, ils feraient partie de la même famille. Beau-frère, belle-sœur. »

Beau-frère.
Belle-sœur.

Les mots font des pirouettes dans la fin d'après-midi. Ils se moquent de moi. Ils me tirent par les cheveux et se pendent à mon nez.

Avril. Un mois après la naissance de Sarah. Susan ne voulait plus que je me déplace. Les Cafés Bleus commençaient à prendre leur essor. Nous avions investi dans du matériel de visioconférence qui n'a servi que plus tard dans l'année, quand deux avions de ligne se sont jetés sur les tours jumelles. Notre vie était surveillée en permanence.

Dans les rues de Londres, des caméras filmaient nos moindres faits et gestes. Nous vivions mortifiés.

Nous n'étions pas les seuls.
Mais pour nous, c'était indolore.

« Alors ils se croisent, les mots se bousculent dans la bouche de Fanny, son cœur bat la chamade comme pour un premier rendez-vous d'amour, ton frère s'éloigne et d'un seul coup, son nom, presque un cri dans la rue, il s'arrête net et se retourne. Il n'a jamais vu quelqu'un d'aussi désemparé. Il s'approche et elle lui demande cinq minutes, dix tout au plus, un café, deux peut-être, ils arriveront en retard chez eux, elle a besoin de le voir. Jérôme est abasourdi. Il accepte. Il pense qu'il y a un rapport avec toi. Il suppose une déclaration d'amour à transmettre de l'autre côté de la mer. Il la plaint. Il se dit que c'est pathétique. Parce que toi, marié, avec un bébé – et d'ailleurs, il y repense, elle aussi, elle est mariée, elle aussi elle a un fils, on ne devrait pas se plaindre quand on a des enfants. Et brusquement, avant qu'ils ne s'assoient sur les chaises en plastique rouge du Bar de l'Avenue, elle murmure "C'est à propos d'Étienne". Jérôme dit qu'il a senti à ce moment-là qu'il y aurait un avant et un après. »

Les yeux de mon frère dans le restaurant chinois.
Le grain de riz dans la plante verte.
La main de mon frère dans la mienne.

Je sens une bouffée de chaleur monter – un rouge aux joues – un ensemble colérique d'impressions contradictoires.

Il aurait pu me le dire.

Il aurait pu me le dire – je n'aurais pas voulu en entendre parler.

Parfois, les enchaînements d'une existence manquent de fluidité et de cohérence. Il y a comme une sorte de fatalité à l'œuvre qui fait qu'on ne peut rien pour les gens qui vous sont le plus proches.

Je ne parviens pas à empêcher le ricanement dans ma tête et cette voix qui dit que la fatalité, c'est avant tout de l'égoïsme pur et dur. Un paravent désuet de l'indifférence et de la cruauté. C'est la même voix qui fredonne une petite chanson aussi, en fond sonore. *Vincent, salaud, Étienne aura ta peau.*

Céline ne me prête plus aucune attention. Elle fixe un point à l'horizon qui vacille dans la brume de chaleur. Elle y voit danser les ombres de son mari et de l'homme cassé. Elle continue sa mélopée. Elle hypnotise. Je me sens vivre aussi dans son récit. Une ombre parmi les ombres. Une ombre lointaine. Résidant dans un pays chimérique. Absent. Totalement absent.

« Jérôme a décidé d'aller à Dijon. Il m'a tout raconté en rentrant. La rencontre avec Fanny, les confidences, les yeux qui brillent, les questions, et cette sorte de lourdeur dans les épaules, après coup.

Je lui ai suggéré de te téléphoner. Il a promis qu'il le ferait une fois qu'il se serait assuré de la réalité des faits. Après tout, Fanny s'était peut-être trompée. C'était peut-être quelqu'un qui lui ressemblait. Ou alors, elle avait été abusée par le pull-over orange et noir à capuche. Il fallait qu'il en ait le cœur net. Il irait mercredi, juste un aller et retour. J'ai proposé de l'accompagner mais il a refusé. Il se souvenait que je n'aimais pas beaucoup Étienne. Que j'avais parfois été sévère dans mon jugement à votre égard à tous les deux. Il craignait que la conversation ne soit rendue plus difficile par ma présence. Je lui ai demandé ce qu'il comptait faire après. Il a haussé les épaules, et il a répondu qu'il n'en avait aucune idée. Il suivrait son instinct. »

Ma belle-sœur rit et son rire sonne sec et rauque dans l'air saturé de chaleur.

Elle dit que c'était bien la première fois que Jérôme lui parlait de la sorte. Jérôme n'avait jamais suivi son instinct. Jérôme raisonnait. Jérôme réfléchissait. Jérôme envisageait les problèmes sous tous leurs angles. Elle était convaincue, au moment même où il parlait, qu'il était déjà en train d'imaginer différentes solutions, de soupeser le pour et le contre et d'échafauder des plans B en cas d'échec. C'était ça, le plus agaçant, chez mon frère. C'était ça aussi le plus rassurant. Et, paradoxalement, le plus attendrissant. Ce manque de confiance en lui qui le poussait à tenter de tout prévoir. Qui le poussait donc invariablement à se planter, parce que personne ne rentrait exactement dans ses schémas. Il y avait toujours un grain de sable dans les rouages et tout l'édifice s'écroulait. Ensuite, il lui fallait beaucoup de temps pour tout reconstruire, brique après brique, planche après planche.

« Comme quand tu es parti. Il ne pensait pas que tu allais vraiment partir. Que ça durerait long-temps. Qu'il ne te verrait plus toutes les semaines. Cela a été bien plus douloureux qu'il ne l'imaginait. Il s'est rendu compte que vous aviez gâché l'occa-sion d'être frères et que, maintenant, c'était trop tard et trop loin. C'est comme une cicatrice, la fra-ternité manquée, chez les hommes. Comme la tra-hison de leur meilleur ami. »

Elle laisse planer la phrase. Elle ne me regarde pas. Elle sait la flèche empoisonnée qu'elle vient de lancer. Elle n'a pas abandonné toute hostilité à mon égard. J'aime mieux ça que la compassion dont elle m'entourait depuis tout à l'heure. Nous sommes à armes égales. Nous nous rejetons la culpabilité. J'endosse la mienne, et je devine la sienne. Elle se profile à l'horizon. Je la laisse appro-cher, tranquille. Elle danse lascivement. Ses bras montent le long du corps pendant que sa croupe s'agite. Je réponds seulement « Comme l'infidélité d'une épouse » et elle a un sourire bref. Moins cruel qu'attristé. Elle tourne son visage vers moi. En un instant, elle a compris que j'ai compris. Mais elle sait aussi que les mots doivent être posés et qu'ils vont à leur train de sénateur. L'histoire se déroule. Ma belle-sœur. Ma Shéhérazade de bazar. Tout ce que tu vas dire pourra être retenu contre toi.

Tout contre toi.

« Il m'a étonnée. Pour la première fois sans doute. Le lendemain, c'était mardi. Il n'est pas allé travailler. Il a téléphoné au collège pour dire qu'il était souffrant. Il a pris la voiture, il s'est rendu à Dijon, avec un jour d'avance sur son planning. Il a eu un moment de découragement en sortant de l'ascenseur du parking souterrain, parce qu'il n'y avait rien d'autre qu'une bouteille de bière vide. Il s'est vu parcourir la ville à la recherche de l'homme ressemblant à Étienne. Et ne rien trouver d'autre que de l'agressivité. De la violence. Ou du mépris. Il s'est avancé de quelques pas. La porte automatique s'est ouverte et Étienne était en face de lui. Assis en tailleur, une boîte en fer-blanc devant lui. Le même pull-over orange et noir. La capuche sur la tête. Les yeux fixant la porte automatique mais ne réagissant à rien. Une absence. Une vraie absence. Une absence totale de vie. Jérôme dit qu'il n'a jamais rien ressenti de comparable. Cet afflux de sang dans tous les membres. Et, parallèlement, cette glaciation. Le cerveau vidé qui met quelques secondes avant de retrouver son calme. Le cœur qui tombe dans la cage thoracique et qui remonte, brutalement. Un goût de renvoi dans la bouche.

« Il a hésité un moment.

« Il ne voulait pas se planter devant Étienne et l'obliger à lever les yeux. Il ne voulait pas non plus s'agenouiller pour se mettre à sa hauteur, il trouvait que c'était encore plus humiliant. Alors, il s'est assis à ses côtés et il a fait comme lui. Il a regardé droit devant. Et il a commencé à parler. Au début, il a eu peur qu'Étienne ait totalement décroché et qu'il ne se souvienne plus ni de lui, ni de toi, Vincent, ni de personne. Il paraît que ça arrive parfois. Il paraît que ça arrange tout le monde. Un fou dans la rue, c'est de l'ordre du normal. Du moment qu'il n'est pas dangereux, il n'y a pas de quoi fouetter un chat.

« Jérôme prétend qu'il ne se rappelle plus exactement ce qu'il a raconté. Il dit simplement qu'il ne faisait pas d'efforts. Que ce n'était pas particulièrement pénible. Il m'a expliqué une fois qu'il lui avait parlé comme il t'aurait parlé à toi — des mêmes choses, avec les mêmes mots —, il savait pertinemment qu'Étienne était le frère que tu t'étais choisi, celui envers lequel tu avais de l'affection et de la tendresse. Alors, pour lui, le frère de son frère, c'était aussi son propre frère. Au bout d'un moment, il a remarqué les réactions. Le froncement des sourcils. Le rouge à la base du cou. Il s'est arrêté net au moment où Étienne lui a effleuré le bras. Quand il lui a demandé pourquoi il était là. *Pourquoi tu es là, Jérôme?* La voix n'avait pas changé. Tout le reste s'était détérioré. Les marques de bleus, les coupures, les gerçures. Le corps malmené. Le corps en lambeaux. Mais la voix restait la même, presque aérienne.

« Jérôme m'a téléphoné. Il était six heures et demie. Il rentrait avec Étienne. Étienne dormirait à la maison le temps qu'il faudrait. Il fallait aménager une chambre dans la pièce qui servait de bureau, au deuxième étage. Celle qu'on avait récemment fait repeindre et à laquelle on faisait parfois référence comme à la chambre d'amis, ou à la future chambre d'enfant.

« Il ne m'a pas demandé mon avis.
« J'étais furieuse.
« Pourtant, si je suis totalement honnête, je n'étais pas uniquement en colère. Il y avait aussi au fond de moi une ombre d'excitation. Une frayeur doublée d'une envie, d'un désir. Il se passait *quelque chose* dans notre vie. Nous allions être dérangés, perturbés mais utiles. C'est ça, utiles. »

Le portable de ma belle-sœur se met à sonner. Une sonnerie discrète mais insistante. Elle ne bouge pas d'un millimètre. La sonnerie s'efface. Quelques notes s'égrènent. Un message vocal. Je pense à mes filles et à ma femme, mais soudain, c'est comme si elles vivaient dans un monde parallèle.

Ma belle-sœur se lève et me fait signe de la suivre. Elle marche dans les rues presque vides. Nous traversons le canal, nous longeons la prison, nous tournons à droite en direction de la cathédrale, que nous dépassons. Nous pénétrons dans le musée d'Art moderne de la ville. Une parenthèse de fraîcheur à laquelle Céline ne prête aucune attention.

Elle pousse la porte du jardin.

Le jardin du musée d'Art moderne.

Ses statues en bronze accablées par la chaleur.
Ses allées de gravier.
Un marronnier imposant, survivance du début
du XXe siècle.
Des chaises en fer forgé éparpillées, renversées
parfois.

Une soirée, à la fin des années quatre-vingt.
Juin commençait. Deux heures du matin. Il faisait
incroyablement bon. Nous rentrions à pied d'une fête
donnée loin de chez nous. Nous avions beaucoup bu.
Nous sommes passés à côté du musée d'Art
moderne. Étienne s'est arrêté. Il a dit qu'il n'en
pouvait plus. Il restait au moins deux kilomètres
avant de retrouver l'appartement, il n'était pas sûr
d'avoir le courage de finir le trajet. Il a proposé que
nous nous reposions là.
« Là où ? Il n'y a rien pour s'asseoir. » « De
l'autre côté du mur. » « Au musée ? Tu es
dingue ? » « Dans le jardin du musée. » « C'est
interdit. » « Nous ne ferons rien de mal. Juste
nous étendre. » « Quand ils vont nous décou-
vrir demain, ils... » « Nous serons partis avant. »
« Arrête tes conneries maintenant et marche. »
Mais Étienne ne suit aucun conseil. Étienne
pense qu'il faut profiter de ses envies tant qu'elles
restent bénignes pour les autres. Il grimpe le long
du mur. C'est facile. Les pierres sont en quinconce

et forment des appuis fermes. Et puis le mur n'est pas très haut. Le quartier est calme. La silhouette d'Étienne sur le faîte du mur. Trois secondes. Il disparaît. De l'autre côté, un cri de douleur. Il a dû se faire mal en se réceptionnant. Je grimpe en quatrième vitesse. Je saute. Il est là, hilare, devant moi. Il n'a rien. Je veux savoir pourquoi il a crié, mais je connais déjà la réponse. « Sinon, tu ne serais pas venu. »

Nous parlons à voix basse. Nous évoquons les endroits étranges où nous avons déjà dormi. Où nous avons déjà fait l'amour. Nous nous vantons et nous nous interrompons en chuchotant « Menteur ! ». Je m'endors sur la pelouse du jardin du musée d'Art moderne. Un peu avant six heures du matin, Étienne me tape sur l'épaule. Il dit qu'il est temps, maintenant, avant l'arrivée des premiers employés. Nous retrouvons la rue tandis que six heures sonnent à la cathédrale. Je demande à Étienne comment il s'est débrouillé pour se réveiller à l'heure. Il sourit. Il dit qu'il n'a pas dormi, c'était le plus simple.

Je suis mal à l'aise.

Il m'a certainement regardé dormir et je déteste qu'on m'observe pendant mon sommeil.

C'est la première fois que je dors à la belle étoile.

« Nous venions souvent ici. Ensemble. » « J'ai passé une nuit dans ce jardin. » « Je sais. » « Tu sais beaucoup de choses. » « Tu en devines beaucoup. » « Quand est-ce que tu es tombée amoureuse ? »

« C'est arrivé petit à petit. Il y avait cet enfant que nous n'arrivions pas à concevoir. Le médecin qui évoquait un possible blocage sexuel, qui disait que c'était peut-être simplement une mauvaise entente entre nous, que cela arrivait parfois, il posait beaucoup de questions gênantes, Jérôme ne voulait plus aller le voir. Étienne est arrivé à cette période-là. Mais je ne réponds pas à ta question. » « Non. » « Amoureuse ? Pas au début, en tout cas. J'étais trop remontée. »

Elle étouffe un début de rire avec le dos de sa main gauche. Elle rougit légèrement. Elle ajoute qu'elle était une véritable harpie, elle en convient. « Je me rappelle très bien tout le mépris que j'avais pour toi, Vincent. Je ne pouvais pas t'encadrer. Tu représentais tout ce dont mes parents me rebattaient les oreilles, les parasites, la lie de la société, c'est drôle d'utiliser des expressions comme ça, quand on a dix-huit, vingt ans. » « L'éducation. » « Dommage que je ne puisse pas avoir d'enfants, parce qu'au moins j'aurais su quoi leur transmettre. Ou du moins quoi ne pas leur transmettre. »

Elle regarde le soleil et cligne des yeux. « Vous me faisiez peur, Étienne et toi. » « Peur ? » « Oui. C'était comme un repoussoir. Trop de liberté. Trop d'amarres larguées. Trop de liens tranchés. Je me disais que si je ne travaillais pas dur et si je ne contrôlais pas mes émotions, j'allais devenir comme vous. » « Nous n'étions pas si libres que ça. La liberté vient aussi avec l'argent. Nous le savions pertinemment. Nous passions notre temps à nous cacher cette évidence. Elle nous cinglait le visage tous les matins. Le mien en tout cas. » « L'argent. On n'en parlait jamais, Jérôme et moi. Mais quand Étienne est arrivé, nous nous sommes aperçus que, inconsciemment, nous rangions les pièces de monnaie qui traînaient et nous gardions toujours les chèques et les cartes de crédit sur nous. Un soir, nous étions dans la cuisine, il y a eu un silence, on entendait les conversations des gens qui passaient dans la rue, Étienne regardait ses pieds, il nous a dit que nous pouvions lui faire confiance. Jérôme s'est récrié. Il a répondu que nous lui faisions confiance, bien sûr. Alors Étienne a souri et a dit "Je ne prends pas l'argent qui n'est pas à moi". Je crois que nous avons eu tellement honte ce soir-là que nous aurions pu le virer. Nous avons discuté en nous couchant, et nous lui avons trouvé tous les défauts du monde. Il nous a fallu du temps pour laisser à nouveau traîner la petite monnaie. » « Il est resté combien de temps ? » « Huit mois, presque neuf. » « C'est énorme. » « Ce n'était pas assez. Son départ était prématuré. »

Je laisse le mot se déliter dans l'air. Il s'adosse à l'une des statues du jardin du musée d'Art moderne — et puis il s'évapore. Mon frère et ma belle-sœur ont eu un enfant, finalement. Malheureusement, il était plus âgé qu'eux. Malheureusement, il est mort jeune. Ils s'en relèvent difficilement.

Pas de bol.

Mon ironie tombe à plat. Elle s'écrase à mes pieds.

Je regarde ma belle-sœur, la trace d'un sourire sur ses lèvres tandis qu'elle fixe les chaises renversées dans le jardin. Elle pense certainement à des moments drôles ou à des moments tendres. Ils venaient ici. Ils prenaient des chaises, comme un couple de retraités. Ils inventaient les conversations des statues entre elles. La dame nue se plaignait du froid. Des engelures. Et surtout des crampes. Des dizaines d'années à rester immobile. Même le cerveau s'ankylose.

Quand Céline reprend la parole, un léger voile couvre sa voix. Je sais ce que cela annonce. Je sais aussi qu'il faut que je réagisse. Que je l'assure de ma présence. De mon soutien. Que je lui prenne la main.

Voilà.
Sa main dans la mienne.
S'habituer à cette nouvelle texture.
Un peu de sueur au creux de la paume. De la sécheresse sur les phalanges. Elle ne bouge pas. Elle continue de fixer le jardin.

« Tout était très maladroit, au début. J'avais l'impression que nous n'arrêtions pas de nous cogner les uns dans les autres et tout me confortait dans l'idée que cela ne pouvait pas durer. Jérôme répondait qu'il faudrait un peu de temps mais m'assurait aussi que ce n'était que temporaire. Il

allait faire des démarches pour les allocations logement, pour le RMI et aussi pour qu'Étienne retrouve
du travail. Mais d'abord, il fallait l'amadouer. Le
persuader qu'un nouveau départ, c'était possible,
que ce n'était pas seulement une promesse de can-
didat à la présidentielle. Le rassurer. La rue, c'était
terminé. Au pire, il dormirait ici. Au mieux, il habi-
terait bientôt un nouvel appartement. J'ai souvent
demandé à Jérôme pourquoi il faisait tout ça.
C'était tellement incohérent. Avec lui. Avec nous. Il
m'a répondu. Chaque fois. Et chaque fois les
réponses variaient. Parfois, il prétextait l'envie
d'être utile. Le fait de ne pas avoir d'enfant. Le
besoin de trouver un sens et aider les autres, c'était
le meilleur sens qu'on pouvait donner à son existence, non ? Je répliquais qu'il n'avait qu'à aller
aider les pauvres de Calcutta ou les chiffonniers du
Caire et là il se mettait à rire doucement en
secouant la tête et en disant "Oh, Céline, vraiment", il savait qu'ainsi, il me mettait hors jeu.
D'autres fois, il prétendait que c'était une façon
d'être encore en contact avec toi, de vivre par pro-
curation une relation fraternelle qu'il n'avait pas
eue. Je montais sur mes grands chevaux. Je répliquais lettres, téléphone, fax, mails. Je questionnais
— comment se faisait-il que ce besoin de fraternité
ne se soit pas manifesté dans les années qui
venaient de s'écouler ? Il répondait que tu n'avais
pas besoin de lui. Et que ce que tu voulais, c'était
du silence. Du calme. Et de l'oubli. Tu voulais
qu'on t'oublie. Tu l'avais bien spécifié. C'est pour
ça aussi qu'il ne t'a pas parlé d'Étienne, à ce

moment-là. Tu te souviens, nous devions partager une maison en Espagne ensemble, l'été suivant, mais Étienne était avec nous et c'était trop étrange de te rejoindre à Rosas et de le laisser là. Sur le carreau. Une fois de plus. Nous avons décliné l'invitation. Nous avons prétexté que mes parents avaient déjà loué une villa dans le Sud pour que nous nous retrouvions tous les quatre. Nous ne sommes allés nulle part. Nous avons passé l'été ici. Parfois, nous allions nous baigner dans le lac. Jérôme était fier de lui. Je le voyais à sa façon de se tenir droit. Et puis, il avait un partenaire pour le tennis. Il n'était pas obligé de faire de la retape. Moi, j'avais appris à accepter la situation. Étienne avait trouvé un travail de manutentionnaire, à mi-temps, pendant les vacances. Ensuite, il ferait les vendanges. Il économisait pour prendre un appartement seul, une fois la stabilité retrouvée. Ce fut un bel été.

« Peu de gens étaient au courant. Tes parents se bouchaient les yeux. Ils n'ont jamais eu envie de voir. Ta mère est venue à l'improviste un jour, au début du séjour d'Étienne. Elle l'a trouvé dans la maison. Elle a compris qu'il y avait ses habitudes. Elle n'a pas posé de questions, elle avait trop peur des réponses. Elle s'est contentée de lui faire la conversation comme si elle l'avait quitté la veille. Elle n'a pas remis les pieds chez nous pendant plus d'un an. Elle nous invitait chez eux, Jérôme et moi. Nous ne parlions jamais de notre locataire. Mes parents ont rencontré Étienne une fois. J'ai raconté son histoire à mon père. Je voulais qu'il lui trouve une place quelque part. Il a le bras long. Il a promis qu'il allait chercher. Il ne l'a jamais fait. À la place, il a téléphoné à tous ses amis commerçants pour leur enjoindre de refuser toute candidature émanant d'Étienne, lequel avait une très mauvaise influence sur sa fille et sur son gendre.

« Étienne n'avait pas d'influence, tu sais. Il n'était plus en état d'influencer quoi que ce soit. Il passait son temps à s'excuser. Il lui a fallu des jours et des semaines pour arrêter de dire pardon quand il entrait dans une pièce et qu'il nous y trouvait tous les deux. Pour se sentir un minimum chez lui. Il était gêné. Moi aussi. Il n'y a que Jérôme qui ait pris ça avec naturel. Il m'a épatée. Je ne le connaissais pas comme ça. Généreux. Amusant. Ouvert. Alors quand les gens qui nous étaient proches posaient la question, comme je le faisais au début, de savoir pourquoi on faisait ça, je répondais comme Jérôme l'avait fait une fois. *Le problème, ce n'est pas pourquoi nous faisons ça, mais pourquoi les autres ne le font pas. Pourquoi est-ce que les gens qui vivent à deux dans soixante-dix mètres carrés ne consacrent pas quinze mètres carrés de leur appartement à aider les autres ?*

« Généralement, cela clouait tous les becs.

« Nous réalisions tous que c'était temporaire. Quand Jérôme a ramené Étienne, il a ouvert une parenthèse, une sorte de bulle – nous étions conscients qu'elle allait éclater parce qu'il fallait qu'elle éclate et qu'après nous reprendrions tous nos chemins respectifs.

« Mais, tu sais, il ne faut pas croire qu'il n'y avait que nous trois. Nous n'étions pas un trio. Nous étions un quatuor. Une quinte même. Une combinaison peut-être encore plus large. Fanny était entrée dans la danse d'Étienne. Ils se sont souvent vus. Ils ont beaucoup parlé. Le mari de Fanny ne le supportait pas. Il a émis un ultimatum, qui lui est revenu dans les dents comme un boomerang. Elle est partie. Elle est partie avec leur fils habiter chez Olivier qui, lui aussi, accompagnait Étienne dans la reprise de ses marques. Dans sa reconstruction. Il l'épaulait. Fanny l'épaulait. Nous aussi. Et dans ce mouvement ensemble, nous gagnions de la hauteur, de l'assurance. De l'estime. Voilà. Nous nous estimions nous-mêmes. Nous nous estimions les uns les autres. »

Céline dessine un rond avec les graviers. Elle sourit. Elle me jette un regard ironique. Elle me dit que ça doit sembler bien prêchi-prêcha tout ça, une grande dose de bonne conscience, une pinte de solidarité, une pelletée de bons sentiments, emballez-moi tout ça, vous aurez le bonheur sur la terre. C'est tellement naïf, non ? Ça doit sembler ridicule. Surtout à un chef d'entreprise anglo-saxon. « Je ne suis pas anglo-saxon. » « Tu l'as toujours été. » « Ça veut dire quoi, antisocial, égoïste ? » « Ça veut dire indépendant. Moi, par exemple, je ne suis pas indépendante. J'ai besoin d'un couple. J'ai besoin d'un réseau. Sinon, je dépéris. Étienne était comme ça, aussi. Toi, non. Tu sais très bien vivre seul. Sinon, tu n'aurais pas pu partir. Tu serais resté englué ici. » « Je ne suis pas parti seul. Je ne serais jamais parti si Susan n'avait pas été là. C'était ma bouée. Je me répétais que c'était ma dernière chance. J'essayais d'ironiser parce que ça sonnait trop mélo, pourtant, c'est comme ça que je me le formulais. C'est comme ça que je me le formule encore. »

Céline orne le rond qu'elle a tracé d'une bouche et de deux yeux. Elle remarque quand même que je suis venu seul ici. Je hoche la tête. Je voudrais expliquer que c'est Susan qui me l'a suggéré, mais je renonce. Céline attend la même chose de moi que mes parents, mon frère et tous les autres, au fond. Que je corresponde à la caricature qu'ils ont dressée de moi. Je n'ai plus envie de lutter. Pensez de moi ce que vous voulez. Je deviendrai ce que vous aurez défini. Un entrepreneur libéral et intéressé qui se moque des conditions de travail de ses employés du moment qu'ils rapportent de l'argent. Un traître qui abandonne son meilleur ami dans le besoin et le pousse dans la misère. Un faux frère.

Je veux bien être tout ça.
Je suis tout ça.
Si cela peut vous faire plaisir.
Je suis là pour vous faire plaisir.

Je me suis levé.
D'un seul coup, la coupe était pleine. J'avais mon comptant d'histoires. Je ne voulais plus rien entendre. Il y avait déjà trop de mots, je ne pouvais plus faire le tri. J'ai bredouillé que j'étais désolé mais que je ne me sentais vraiment pas bien, que j'allais rentrer. Céline a hoché la tête. Je lui sais gré

de ne pas m'avoir relancé. Elle a simplement ajouté qu'elle était facile à contacter. Je connaissais son adresse, son numéro de téléphone portable et la plupart de ses zones d'ombre. Elle était disponible. Elle était en vacances jusqu'à la semaine suivante, et la semaine suivante, je serais parti.

J'ai retraversé le hall du musée d'Art moderne. La cour. Le parvis de la cathédrale. En marchant, je suis passé à côté de l'appartement où j'avais habité pendant neuf ans avec Étienne. Mais je l'ai laissé tranquille. Je n'ai même pas levé les yeux. Ce qu'il me fallait, soudain, c'était un oubli. Un endroit où m'allonger et m'endormir instantané-ment.

J'ai entendu la sonnerie du portable. J'avais deux SMS. Bientôt trois. Mais il était trop tard, je m'étais mis à courir. La marche s'était peu à peu trans-formée. Les foulées avaient gagné de l'ampleur. Je courais. Comme un mouvement naturel du corps. Mon mouvement naturel. Quand le danger menace. Quand la situation est sans issue. Quand les questions sont trop nombreuses. Courir. Sentir les muscles se crisper parce qu'ils n'ont pas été solli-cités depuis des années. Sentir le souffle qui brûle rapidement et qui rappelle les limites. Le cœur qui se met à battre plus fort dans la cage thoracique. Courir et vider les images et les phrases qui peuplent la mémoire. Courir et sentir les gouttes de sueur perler puis descendre sur le front, dans le dos, sur les cuisses. Courir et se dire qu'il fait chaud. Courir et se sentir vivant.

J'aurais pu tourner à la gare et suivre la voie ferrée. Remonter la Champagne, la Brie, traverser Paris et reprendre la route vers la Picardie, le Nord-Pas-de-Calais et là, la mer. Le passage en ferry. Douvres, Canterbury, Londres. Mon refuge.

Je me suis retrouvé chez mes parents. Hors d'haleine. Des crampes dans les jambes. Inondé. Épuisé. Il n'y avait personne. Une douche. Le lit. Mon lit.

Dans cette chambre qui ne me ressemble plus. L'appel du noir.

Juste avant de plonger.

Juste avant de sombrer dans le sommeil comme une masse.

Les mots qui dansent un menuet grinçant.

Est-ce que je suis responsable ?

Est-ce qu'on reste responsable des gens avec lesquels on a vécu, une fois que notre histoire commune s'est terminée ?

Est-ce qu'on se doit d'accompagner ceux qui nous ont accompagnés, doucement, jusqu'à la porte de sortie de notre existence pour que leurs fantômes ne viennent plus jamais s'interposer ?

Est-ce que je suis un bourreau ? Est-ce que j'ai donné l'ordre d'exécution ?

Est-ce qu'il est mort à cause de moi ?

À cause de moi, d'abord.

Je me réveille tôt.

Je descends l'escalier à pas de loup.

Dans la cuisine, la lumière est une violence. Un œil sur l'horloge, au-dessus de la cuisinière électrique. Six heures et quart. Douze heures de sommeil. Cela ne m'est pas arrivé depuis longtemps. J'avais laissé un mot sur la table de la cuisine, hier soir, *j'ai très mal à la tête, je ne dînerai pas, je vais dormir, je suis crevé.* Ma mère est montée voir. Elle a toqué discrètement à la porte. J'ai pris une petite voix plaintive − empruntée à Jérôme lorsqu'il était adolescent, ce ton nasillard et légèrement enrhumé qui m'exaspérait. Elle n'a pas insisté.

Sur la table de la cuisine s'étale une demi-douzaine de tubes de comprimés effervescents, tous à même de tuer les céphalées dans l'œuf. Je ne peux m'empêcher de sourire.

Je me fais couler un café. La nuit ne m'a pas rasséréné. Ce qui me fait tenir, c'est me rappeler que je pars dans deux jours. Plus que quarante-huit heures à m'engluer dans la province française. J'allume le téléphone portable. Un message de Susan datant d'hier soir – elle suppose que je suis sorti au restaurant ou boire un verre. Elle veut simplement que je sache que tout va bien. Un autre de James pour m'annoncer que nous avons été contactés par une équipe de Channel 4 en vue d'un reportage. Un troisième de mon beau-père qui souhaiterait que je lui rapporte du champagne.

Dans une autre vie, un autre pays, j'existe.

Alors je ne sais pas pourquoi, dans cette vie-ci, je me sens fantomatique. Un ectoplasme perdu dans les limbes.

Ou plutôt, je ne le sais que trop.

Je pourrais presque sentir le contact du pull-over orange et noir avec une capuche. J'ai failli le jeter. Tu m'as demandé si tu pouvais l'essayer. Tu trouvais qu'il m'allait bien. Je trouvais qu'il t'allait mieux qu'à moi. Il a changé de mains.

Un quatrième SMS. Les lettres qui clignotent. Un rendez-vous. Ce matin, à dix heures. J'éteins le téléphone. Une lame de rage me secoue. Je ne m'y rendrai pas. Je ne veux pas connaître la suite. Je ne supporterai pas une deuxième fois les mots et les images qu'ils font naître. Je ne supporterai pas la remise en cause. Ce matin, j'irai faire des courses avec ma mère. Elle me racontera le cancer de l'utérus de la voisine, les frasques du fils de son amie Josiane et les soupçons d'adultère qui pèsent sur le boulanger.

168

À huit heures et demie, mon père en maillot de corps me demande si je vais mieux. Je réponds que je suis en pleine forme. Il trempe une biscotte dans son café d'un air absent. Ma mère est dans le jardin. Elle arrose. Jérôme voudrait que je le rappelle, paraît-il. Il propose une sortie aux magasins d'usine. Je promets à ma mère que je vais lui téléphoner. Je dis que j'ai envie d'aller à la piscine municipale. Il faut d'abord que j'achète un slip de bain. Ma mère me conseille de ne pas oublier la crème solaire. Mon père lève les yeux au ciel. « Tu déjeunes à la maison ? » « Sûrement. »

Je pousse la grille verte. Je marche dans les rues. Je sais très bien où mes pas m'emmènent mais je ne veux pas y réfléchir.

*

À dix heures, je suis là.

Nous sommes là, tous les deux, côte à côte. Nous ne nous tenons pas la main. J'entends la respiration profonde de ma belle-sœur. Elle contrôle son souffle. Son bras gauche tremble un peu. Nous n'échangeons aucun mot. Parce qu'il n'y a pas de mot qui tienne. Sauf ton nom et ton prénom, sur la pierre tombale. Les deux dates, ridiculement proches. Ce n'est que là que je me rends compte que tu es mort ridiculement jeune. Et que tu me manques. Oui, c'est ça. Que tu me manques.

Je ne sais pas exactement depuis combien de temps nous sommes là quand elle reprend la parole.

Elle n'a pas reparlé de l'interruption d'hier. Elle n'a pas demandé d'excuses, elle n'a pas emprunté les circonlocutions d'usage. Elle continue son chemin, en ligne droite. Elle veut atteindre le but qu'elle s'est fixé. Raconter l'histoire jusqu'au bout et me la livrer, clefs en main. Ce que j'en ferai par la suite, elle n'en a cure. Elle se dévide, comme les quenouilles dans les contes. Elle me pique au sang. Je ne réagis pas. Elle est mon héroïne. Ou plutôt ma méthadone. Mon produit de substitution.

« Au mois d'octobre nous avons fêté son premier contrat à durée déterminée. Le supermarché dans lequel il avait travaillé avait décidé de l'embaucher. Six mois. Avec à la clé un emploi fixe s'il donnait satisfaction, et il n'y avait aucune raison pour qu'il ne donne pas satisfaction. Pendant les mois d'été, il avait toujours été ponctuel, poli et il avait abattu le boulot de deux. Il avait l'air très heureux. Il répétait qu'une nouvelle ère s'ouvrait devant lui. Il parlait de toi aussi, souvent. Il disait que, quand il aurait tout stabilisé, quand il aurait un vrai travail avec une vie sentimentale épanouie, la première chose qu'il ferait, ce serait de te rendre visite à Londres. Jérôme répondait que ce n'était pas la peine d'aller jusqu'en Angleterre. Tu passais de temps en temps dans la ville, et même si c'était en coup de vent, tu serais sans doute très content de le revoir. Mais Étienne ne voulait pas du coup de vent. Il voulait une semaine entière à expliquer tout ce qui lui était arrivé et à entendre tout ce que tu avais vécu. Il riait. Il ajoutait qu'il y en avait au moins pour sept jours et sept nuits si on voulait raconter l'histoire du riche et du pauvre. Il secouait la tête. Et après, il remerciait. Il remerciait tout le temps. Jérôme rougissait et se fâchait. Je regardais ailleurs. Une de mes amies travaillait dans une agence immobilière, à l'époque. Elle l'a aidé à chercher un logement. J'allais visiter les appartements avec lui. »

Je les vois.

Ce qui m'aurait semblé une incongruité il y a encore une semaine entre désormais dans le domaine du possible. Ces deux silhouettes côte à côte, devisant agréablement. Les mains qui se frôlent et se retirent promptement une fois le contact établi. Pour un peu, ils s'excuseraient. Enfin, non. Ils ne s'excuseraient pas parce qu'ils devinent, graduellement, leur envie. Un désir sourd et troublant. Ils se reprennent. Ils se maudissent intérieurement. Ils évoquent leurs souvenirs récents, quand ils se méprisaient ou, au mieux, s'ignoraient. Ils se demandent ce qui se passe. Ils luttent contre l'attirance. Ils se concentrent sur le pragmatique. La salle de bains est un peu petite. La cuisine est chaleureuse mais pas pratique. Le couloir mange une place énorme – quel dommage.

Ils vont bien ensemble.
Ils respirent ensemble.
Elle étouffe avec Jérôme, dans cette relation de jeunesse qui devient, jour après jour, le seul amour d'une vie. Lui, il était au bord de l'asphyxie dans le hall de ce parking souterrain. Ils se sauvent mutuellement. Ils étaient à la périphérie de l'existence des autres, dans un no man's land social – maintenant,

s'ils se prennent la main, ils prendront aussi la poudre d'escampette.

« C'est pendant une de ces visites. Mon amie m'avait confié les clés de l'appartement. Elle me faisait confiance. Il s'est allongé sur le parquet — un parquet moderne et laid —, il voulait savoir quelle impression on avait, allongé là, dans ce qui pourrait être une chambre. Il a fermé les yeux. La vision de sa poitrine qui se soulevait et s'affaissait. Je l'avais déjà épiée. Souvent. Je ne pouvais résister à ce simple mouvement. L'air qui entre et sort. Je me suis allongée à côté de lui. Nos bras se sont touchés. Nous ne les avons pas retirés. Dehors il pleuvait. C'était début décembre. C'est toujours difficile, maintenant, début décembre. »

J'interviens.
Je dis que je ne préfère pas entendre la suite. Elle sourit. Elle répond qu'alors elle parlera toute seule. Parce que, pour une fois, elle peut revenir sur ses pas. Elle peut évoquer le nom, le visage, le corps. Elle peut revisiter son histoire. Toutes ces semaines, ces mois et ces années à faire comme si rien ne s'était passé. Quatre ans de silence. Depuis l'enterrement d'Étienne, personne ne veut l'écouter. Elle n'a pas voix au chapitre. Elle est celle qui l'a précipité dans la tombe. C'est moi qui ai poussé Étienne du haut de la corniche, mais c'est elle qui l'a piétiné. C'est ce qu'ils pensent tous, Fanny, Olivier, ses parents, les miens aussi même s'ils font semblant de ne pas être au courant. Et Jérôme aussi, bien sûr. Ils font les magnanimes. Ils prétendent qu'ils par-

donnent. Qu'ils passent l'éponge. Du moment qu'elle ne leur en parle pas, ils veulent bien accepter son existence. Mais elle, elle n'en a rien à cirer de ne plus jamais les voir ou de subir leur indifférence quand ils en viennent à se croiser. Elle les trouve pitoyables.

Fanny et son obsession de la décoration, ses catalogues Ikea et ses tasses achetées chez Pier Import.

Olivier et son air perpétuellement abasourdi, sa pochette de cuir en bandoulière et ses pulls jacquard.

Ses parents – elle ne veut même pas en parler. Le jour de l'enterrement, son père lui a demandé des comptes. Est-ce qu'elle avait couché avec ce bon à rien ? Est-ce qu'elle s'était rendu compte, pauvre tarte, que tout ce qu'il cherchait, c'était un toit – et un ventre, c'est encore mieux qu'un toit, non ?

Elle l'avait giflé. Elle avait coupé les ponts. Malgré les tentatives de réconciliation orchestrées par sa mère, elle n'était jamais retournée chez eux.

Mes parents – tout ce qui leur importait c'était que rien n'éclate au grand jour et surtout qu'ils ne soient pas éclaboussés.

Et Jérôme.
Jérôme.

Il était passé par toutes les couleurs et par tous les états. Elle n'avait pas cherché à lui cacher la vérite. Il ne méritait pas le mensonge. Il avait introduit le loup dans sa bergerie en pensant bien faire. Il ne pouvait pas savoir qu'une louve s'était déguisée en brebis.

« Une période très étrange. » C'est comme ça qu'elle définit ces dix jours où ils ont été forcés de se côtoyer alors que Jérôme était au courant. Étienne répétait qu'il était désolé, qu'il ne voulait pas, qu'il ne supportait pas, qu'il ne voulait pas être responsable de. En attendant le nouvel appartement, celui sur le parquet duquel Céline et lui s'étaient allongés, il dormait chez un collègue. De l'appoint. Du provisoire. Le cauchemar était revenu.

« J'ai très vite senti le danger. La peur dans ses yeux. Et puis une étincelle de haine. J'étais celle qui l'acculait à nouveau au transitoire. Celle qui compliquait tout aussi. Seulement, il n'était pas idiot. Il savait pertinemment que les premiers pas, c'était finalement lui qui les avait faits. Et qu'il avait envie de moi. Qu'il ne pouvait s'empêcher de me toucher. Nous nous touchions. Partout. Tout le temps. Dès que nous étions en présence l'un de l'autre. Parfois violemment. Parfois, nous nous plaquions au mur. Il ne pouvait pas nier ça. Au début, je me suis dit que ce n'était qu'un moment difficile. J'allais lui offrir un asile sentimental. Le matériel et le social pouvaient attendre. Je gagnais bien ma vie, il n'y avait aucune raison pour que son contrat soit rompu, nous allions nous en tirer sans problèmes. Nous laisserions Jérôme sur le carreau, mais il s'en remettrait, au bout d'un moment. Je raisonnais froidement. Avec aisance. Sauf quand l'un des deux était à côté de moi. Je ne pouvais plus me passer de la peau d'Étienne. Et chaque fois que je voyais Jérôme, les souvenirs remontaient et formaient des ensembles musicaux et colorés – je ne pouvais pas me détacher de lui.

«J'ai cru que j'allais devenir folle.

«J'ai cru que nous allions tous les trois devenir fous.

«Tout était tellement mêlé.

«La trahison, la gratitude, le don de soi, l'égoïsme, l'argent, l'amour, l'appartement, l'amitié, l'hypocrisie, la franchise.

«Personne ne voulait blesser personne.

«Noël approchait.

«Quelques jours avant, Étienne m'a téléphone pour me dire qu'il avait pris une décision. Tout était fini entre nous. Il avait rencontré une fille au travail dont il était vraiment tombé amoureux. Il sentait que c'était l'histoire de sa vie alors que nous deux, ce n'était que du cafouillage. Un embrouillamini. Il détestait ça.

«Il était désolé pour l'appartement, notre nouvel appartement, vide encore – je n'avais pas eu le temps de transférer mes affaires et lui, il n'avait pas encore déménagé de chez son collègue. Il pourrait me rembourser une partie de la caution.

«Non, il n'avait pas très envie de me voir.

«Oui, il préférait une rupture nette et franche.

«Oui, il acceptait d'être traité de salaud.

«Bien sûr, lorsque beaucoup d'eau aurait passé sous les ponts, nous pourrions éventuellement nous reparler. Dans un an ou deux. Ou plus.

«Il a raccroché.

« J'ai tout pris au premier degré. J'ai tout pris dans la tête. Je me suis allongée sur le parquet. C'est la seule fois de ma vie où j'ai voulu mourir. Mais entre vouloir mourir et mourir, il y a un pas énorme. Ce n'est pas moi qui suis morte. Ce n'est pas moi le cadavre. »

Elle s'agenouille et prend l'arrosoir en plastique jaune qui se trouve à côté de la tombe. Elle verse un peu d'eau sur la pierre grise. Elle sort un mouchoir en papier de son sac à main et entreprend de la nettoyer. Elle enlève les éclats de terre. Les insectes foudroyés par la chaleur. Les pétales fanés des fleurs. Je prends le vase qui trône sur la tombe et je vais jeter le bouquet desséché. Je sors de ma poche un paquet de mouchoirs en papier. J'essuie à mon tour. J'aide. Je l'aide. C'est la moindre des choses que je puisse faire.

Elle reprend la parole alors qu'elle est en train d'astiquer ; et c'est comme si je n'étais plus là. Elle m'a oublié. C'est un discours au marbre. Un soliloque. Je m'assieds au pied de l'arbre le plus proche. Je regarde les jeux de la lumière dans le feuillage. Sa voix revient s'insinuer dans ma peau. Elle parle du dernier mois. De la dernière semaine. Elle avait tenté de téléphoner à Étienne. Ni réponse ni répondeur. Elle était allée faire le pied de grue devant son travail. Elle était transie. Un des employés l'avait prise en pitié et lui avait demandé ce qu'elle faisait là. Elle avait expliqué. Il était parti se renseigner. Étienne était absent depuis plusieurs jours. Il fallait d'ailleurs qu'il fasse gaffe parce qu'il

176

risquait le licenciement s'il ne rappliquait pas sous peu avec une bonne excuse.

« C'est le plus étrange Noël que j'aie jamais passé. Le soir du réveillon, j'étais seule, dans l'appartement vide. J'ai mangé du saumon fumé à même le plastique. J'ai bu une demi-bouteille de champagne. J'entendais les bruits chez les voisins. Au-dessus, au-dessous, à côté. Je n'étais même pas déprimée. Simplement perdue. À ne pas savoir quelle direction allait prendre ma vie. Pour la première fois, et pour la dernière fois sans doute. Je me suis allongée dans le sac de couchage que j'avais acheté et je me suis demandé si je préférais ce réveillon-là à celui de l'année précédente, ou encore à ceux de mon enfance. Je ne pouvais pas donner de réponse. La sonnerie de l'Interphone a retenti. J'ai bondi. J'ai souri aussi. Au fond de moi, je savais qu'Étienne viendrait me chercher. Au fond de moi, j'étais zen. J'étais persuadée qu'au cours de notre histoire, nous aurions plusieurs moments de crise, mais qu'au fur et à mesure nous la bâtirions, notre vie ensemble. J'attendais sa voix. J'anticipais ses mots. J'avais même préparé mes réponses. Je n'ai pas prononcé son prénom. Je n'en avais pas besoin. J'ai appuyé sur le bouton. J'ai ouvert la porte. J'ai entendu les pas dans l'escalier. C'était Jérôme qui montait. Jérôme qui était venu me sauver de la solitude. Jérôme qui était venu m'assurer que le cauchemar était fini. La mauvaise passe. Nous pouvions rentrer maintenant. »

Sur l'écorce de l'arbre, au niveau de mon épaule, se promène un de ces insectes noir et rouge que nous appelions « soldats » quand nous étions gamins. Je me rappelle un samedi après-midi où j'étais désœuvré, mes copains étaient tous à droite à gauche, j'ai pris une allumette et j'ai grillé tous les soldats que je trouvais. Avec méthode et détermination. Chez les insectes, je suis considéré comme le pire des criminels de guerre. Chez les humains, je suis celui qui largue les amis comme les amarres. Celui qui laisse en plan. Un homme du XXIe siècle.

« Ne me demande pas pourquoi je l'ai suivi. »

Je ne demande rien, Céline.

Je le comprends trop bien.

Pour la même raison que j'ai suivi Susan. Parce que c'était ta planche de survie.
Même si elle avait déjà servi. Même si elle n'arborait pas les couleurs insolentes des couchers de soleil. Au moins elle t'empêcherait de sombrer tout de suite. Et puis qui sait, dans quelques années, après deux ou trois grossesses et des occupations matérielles qui emplissent les journées d'une douce chaleur, tout cela te paraîtrait vaguement ridicule. Presque pathétique. Une romance à deux sous entre le mendiant et la bourgeoise. Une caricature. Tu serrerais tes enfants dans les bras en te disant que eux, au moins, étaient vivants. Et qu'il n'y avait qu'eux d'importants. Ils auraient été ta révélation attendue. Ton destin. Tu étais née pour avoir des enfants, pas pour monter et descendre les montagnes russes des sentiments amoureux. Les enfants,

ça rattrape tout. Les enfants, c'est chaque fois une renaissance.

C'est ce que je me suis toujours dit.

Dans les moments où les différences se faisaient trop criantes, entre Susan et moi. Quand je me rends compte que, quelle que soit la somme d'argent que je gagne, quel que soit l'intérêt que les médias me portent et quelle que soit même l'affection qu'ils ont pour moi, je resterai toujours pour sa famille un parvenu, un presque ouvrier. Un homme du peuple. Quand j'ai senti sur nous aussi le souffle de l'habitude et que je retardais le moment de rentrer à la maison, parce que j'avais peur que l'odeur de renfermé ne m'étouffe, alors que les pièces avaient été aérées toute la journée. Les enfants ont été mon soutien. Ma prison dorée. Ils m'ont maintenu en vie.

Sauf que tu n'as pas d'enfant.
Et que c'est du gardien de la taule que tu es tombée amoureuse, il y a bien longtemps. Bien avant que tu ne comprennes ce qu'il allait faire de sa vie — et de la tienne

Alors maintenant bien sûr, il est trop tard. Tu combles les trous. Des pelletées de terre sur les tombeaux. Tu travailles dans cette association, tu te démènes, tu alertes les autorités locales, tu contactes les journaux, ils ne peuvent pas t'ignorer sans être taxés d'inhumanité. Tout le monde te respecte. Tout le monde te congratule.

Mais tout le monde est au courant.

Et tout le monde te plaint.

D'être tombée dans le panneau. D'avoir cru à toutes ces niaiseries, que les sentiments sont les plus forts, que l'amour que l'on porte permet de surmonter les obstacles. De déplacer les montagnes. Des conneries.

D'être obligée désormais de te forger une bonne conscience, en t'épuisant à la tâche − un temps plein de bénévole qui s'ajoute à ton mi-temps professionnel.

De n'avoir rien d'autre dans ta vie.

De ne pas être capable de tourner la page.

Tu es là, coincée entre les deux pages, une pensée violette dans un herbier, et tu tentes encore de t'échapper par les mots. Tu voudrais t'envoler, devenir iris, jonquille, lis − une fleur majestueuse et vivace. Encore quelques instants.

Encore un peu.

« Nous n'avons pas eu de nouvelles pendant quelque temps. Nous n'en cherchions pas non plus. Nous n'évoquions pas le sujet. Étienne était tabou. Toi aussi, par ricochet. Nous avons passé le premier de l'an tous les deux, au soleil. Jérôme avait dégoté au dernier moment une formule avion et hôtel à un prix défiant toute concurrence. Nous étions aux Canaries, dans une résidence de luxe. Il faisait beau et un peu frais. La mer était bleue. Des fleurs partout. Exactement comme sur les photos du catalogue. Je ne me suis jamais sentie aussi mal. Je ne me suis jamais sentie aussi écartelée. Je me disais que c'était ma punition. Trop d'orgueil. Trop de vanité. Tôt ou tard tu le payes. »

Les mots me giflent.
Ai-je été trop orgueilleux ?
Trop vaniteux ?
Est-ce que je suis en train de payer ?

« Nous avons repris le travail et cela nous a allégés. Nous n'avions pas refait l'amour. Je crois qu'aucun de nous deux n'en avait vraiment envie. Nous avions repris notre route mais, en un sens, nous étions encore suspendus dans le temps. Et puis février est venu. Le coup de fil, un soir. Nous buvions un apéritif. Nous allions sortir. Nous venions d'opter pour un asiatique. La police au bout du fil. Ils avaient retrouvé un corps − nos noms et nos coordonnées sur son carnet d'adresses, soulignés en rouge − ils supposaient que nous étions de la famille. Je n'ai plus jamais mis les pieds dans un restaurant chinois.

« Il était mort dans la nuit. Vers trois ou quatre heures du matin, ils ne pouvaient pas l'affirmer avec précision. Nous sommes allés reconnaître le corps. Nous sommes allés remplir des papiers. Nous étions sur pilote automatique. Je regardais ton frère, la fixité de son visage, la crispation figée de ses mâchoires, la dureté de ses yeux et j'ai su que nous étions dans le même bateau désormais − lui, moi et toi, dans ton absence. Parce que la première chose que nous avons pensée, c'est qu'il allait te voir. Qu'il était saoul et qu'il avait décidé de marcher jusqu'à Londres. Toi, tu saurais lui donner ce qu'on avait manqué. Toi, tu saurais remettre droit sa vie de guingois. Toi, tu étais d'équerre, une femme, une fille, un boulot, du succès, tu saurais lui donner des conseils.

« Non.

« Ce n'est pas vrai.

« Ce n'est pas la première chose que j'ai pensée.

« La première chose, c'est *Qu'est-ce que j'ai fait hier soir ? Qu'est-ce que je faisais quand il est tombé sur le ballast et qu'il s'est pété la cheville ? Qu'est-ce que je faisais quand le froid s'est infiltré et quand ses dents ont arrêté de claquer ? Qu'est-ce que je faisais quand il s'est rendu compte que tout était fini ?*

« Je dormais. Je rêvais. J'avais rêvé que nous étions en vacances, Jérôme et moi. Avec nos enfants, qui jouaient quelque part au premier étage. On entendait le bruit de leurs pas. Le facteur est arrivé. Il avait pour moi un petit papier enroulé, comme ces mots d'amour qu'on se fait passer au collège et sur lesquels est écrit "J'aimerais bien sortir avec toi, ce soir, à 17 h" ou "Je te trouve très craquant, est-ce que t'es OK pour qu'on s'embrasse ?". Je déroulais le papier et je me retrouvais quinze ans auparavant. De retour au lycée. Et je courais dans les couloirs pour comprendre ce qui se passait, mais je ne réussissais qu'à agacer le proviseur adjoint qui me recollait dans ma classe, *manu militari*.

« Je me suis réveillée en sursaut au moment où je me rasseyais sur la chaise, dans le cours d'anglais.

J'aimerais pouvoir dire qu'il était trois heures et demie du matin et que j'avais ressenti la douleur d'Étienne. Que je m'étais réveillée en grelottant, malgré le chauffage. Mais il était cinq heures et demie, Étienne n'existait déjà plus, il congelait près de la voie ferrée. J'avais trop chaud parce que nous avions oublié de couper le chauffage en nous couchant. Je suis allée à la cuisine boire un verre d'eau.

« J'ai jeté un coup d'œil par la fenêtre. J'ai remarqué les minuscules stalactites sur les gouttières. Mon décor était gelé. Je suis vite retournée au lit.

« Dans les jours qui ont suivi, nous nous sommes épaulés, Jérôme et moi. Nous aurions pu nous affronter, mais nous n'en avons pas eu envie. J'ai été plusieurs fois émue par le masque de combativité qu'il s'efforçait d'arborer et par les courants de culpabilité qui le dévastaient. Je me souviens du coup de téléphone qu'il t'a donné. Il voulait te parler mais tu as répondu que tu n'allais pas bien et que tu n'avais pas de temps, brièvement, tu as parlé de Sarah, de l'hôpital, et Jérôme a renoncé. En raccrochant, il a murmuré "plus tard". Il n'a jamais pu se résoudre. Peut-être que je n'aurais pas dû non plus. Après tout, cela aurait été facile. Le silence. Il y a des gens que l'on ne retrouve jamais. On les imagine baignant dans une lumière douce, avec leur silhouette de presque trentenaire et leur visage souriant et lisse. On n'irait jamais croire qu'ils puissent finir raides et crispés, durs comme du bois et fragiles comme de la glace, vaincus par le froid le long d'une voie ferrée. Mais moi, je ne veux pas raconter d'histoires. Voilà. J'en avais assez. De ton assurance. De ta morgue. Je voulais te faire mal. Te mettre le nez dans ta merde. Et puis aussi, je trouvais que ce n'était pas juste. Que personne ne doit rester comme ça. Cocufié par les autres qui se taisent et sourient ou dévient le sujet quand il est abordé. Je ne supporte pas l'omerta. J'aurais fait une très mauvaise Sicilienne. »

Le rire nerveux de ma belle-sœur dans le cimetière matinal.

J'ai toujours le paquet de mouchoirs en papier dans la main.

J'ai envie de t'essuyer encore, Étienne.

Je passe un mouchoir sur ton front.

Je passe un mouchoir sur ton torse.

Je passe un mouchoir sur tes jambes.

Je passe un mouchoir sur tes bras.

Je passe un mouchoir sur tes pieds.

Et je recommence.

À force, j'arriverai peut-être à t'effacer.

JEUDI

Le temps s'étire et se contracte.
Un jeudi immense.
Un jeudi infini.

Deux journées en une. Deux, cent, mille. Mon corps se dédouble. Franco-Anglais. Entrepreneur SDF. Fidèle adultère. Sauveur coupable. Frère et faux. Faux frère.

Ma main voudrait caresser – mais elle s'agrippe, ripe, s'accroche –, les doigts sont des griffes, elle est ma proie – la déchiqueter, la réduire en pièces, un amas de chair, des cheveux qui se détachent, des dents qui se déboîtent. La phrase lancinante, entre les tempes. *This is not a love song.* Je veux l'entendre crier – pas gémir. Des hurlements de louve à qui l'on prend ses petits.

Je ne reconnais pas ma bouche. Je ne reconnais pas la sienne. Les lèvres sèches, les gerçures qui se creusent. Mes incisives cherchent le sang. Le goût du métal. Elle suffoque. Elle cherche à s'échapper mais je la retiens prisonnière, là, entre mes jambes, entre mes bras. Entre moi. Entre en moi.

La montée de la sève. Lente et douloureuse.

Ma tête sous son menton. Le dos rond, prêt à bondir. Les poings fermés de chaque côté de son visage. Refuser l'explosion.

Rester au bord.
Tout au bord.
Retarder. Rester dans l'évitable. Suspendre. Attendre la faim de l'autre. Sa soif. Son aridité. Ses appels au secours. Les soubresauts de son corps qui cherche l'irrigation. Entendre ses membres se bander pour frapper. Sentir les muscles de son ventre agir. Enserrer. Interdire la fuite. *Tu ne m'échapperas pas.* Ceci n'est pas une chanson d'amour.

Il y a une heure.
Il y a deux heures.

Quand je fermais les yeux, je ne voyais que des gares de triage, des wagons, des aiguillages. Le vent, aussi. Le vent, surtout. Le vent qui coupe la respiration. Sans le vent, la température resterait supportable. Mais il gèle le sang. Il transforme la peau en un papier friable et douloureux. Je ne suis qu'une crevasse.

Il y a une heure.
Il y a deux heures.

Je n'ai pas voulu me laisser entraîner. J'ai refusé la rencontre avec Étienne. J'ai refusé que nous nous rendions à l'endroit exact. Là où. J'ai refusé en bloc les souvenirs et les regrets. L'agression des images. L'invasion des sensations. Je ne plongerai pas dans un février où je n'étais pas.

À la place, la fuite.

À la place, la fièvre.

À la place de mon faux frère, ma vraie belle-sœur.

Je ne sais pas comment nous en sommes arrivés là. Je sais seulement que c'est moi qui ai cédé. Que je suis celui qui a murmuré *viens*. Viens. Celui qui a pris le bras. Une incitation. Un ordre auquel je devinais qu'elle allait obéir. Parce qu'elle était fourbue. Que les mots l'avaient épuisée. Qu'elle ne voulait plus que le silence.

Le silence et la vie.

Le puzzle vivant des cuisses, des avant-bras et des langues.

Les langues qui se cherchent. Les langues qui humectent et dilatent.

Les langues qui font perdre pied.

Je n'ai jamais joui en anglais.

L'intimité reste française.

Je m'appelle Vincent.

Cette femme qui se tord sous moi est ma belle-sœur.

Ce n'est pas la culpabilité qui décuple son plaisir.

Ce n'est pas non plus mon savoir-faire.

Ce sont les hormones. Les stimulations médicales de la fertilité. L'ovulation.

Et la douleur. Toute cette douleur.

À aucun moment elle ne m'a nommé.
À aucun moment elle n'a pensé à moi.
À aucun moment je n'ai voulu son bien.

Célébrons les corps.

VENDREDI

Je suis réveillé avant le réveil. Ce n'est pas difficile. Je n'ai pas vraiment fermé l'œil de la nuit. Parfois, je me suis comme évanoui. Des plongées saisissantes dans l'obscurité du sommeil. Dix minutes. Vingt minutes. Et puis le sursaut.

Je prends mon pouls. Il est étrangement calme. Je continue de vivre. Je sais très bien prétendre. Il faut que je continue à prétendre.

Je suis rentré à dix-neuf heures hier soir. Je me suis excusé pour mon absence au déjeuner. J'ai développé le message lapidaire que j'avais laissé sur leur répondeur à onze heures et demie. J'ai expliqué que j'avais fait une grande promenade à pied, j'avais traversé la ville, à la recherche des lieux de mon enfance et de mon adolescence, c'était bien mais très fatigant. Je me sentais obligé d'ajouter des détails et de faire enfler le récit alors que ni ma mère ni mon père ne prêtaient attention à mon histoire. Ce qu'ils voulaient savoir en revanche, c'était si je dînais vraiment avec eux ce soir et si je restais à la maison.

Enfin.

Oui.

Ils se sont arrêtés net tous les deux. Ils n'avaient pas prévu cette docilité. Ma mère était en train d'équeuter des haricots verts donnés par la voisine. Mon père se consacrait aux carottes qu'il épluchait avec une lenteur cruelle. Je pensais aux corps des suppliciés qu'on écorchait vifs, sur les places publiques du Moyen Âge.

Très bien.
Tu veux un apéritif?

J'ai siroté un porto avec mes parents. Je me suis mis aussi à préparer les légumes pour le grand bain d'eau bouillante. Une vie simple. Un enterrement progressif dans les entrailles de l'agglomération. Une poussière dans l'infini. J'aspirais à la paix et à l'oubli.

Ma femme a téléphoné vers vingt heures trente. Sarah exprimait pour la première fois de la semaine l'envie de me voir. Nous nous sommes connectés via l'ordinateur. Elle bougeait ses lèvres, mais les mots ne me parvenaient qu'avec un léger décalage. Elle m'expliquait ce qu'elle avait fait pendant la journée. Je restais accroché à ses yeux et à ses lèvres qui ne prononçaient pas les paroles que j'entendais. À un moment, elle a prétendu qu'elle n'avait pas du tout mangé les bonbons qui étaient dans le placard de la cuisine, Susan s'est mise à rire, le regard de ma fille s'est terni, j'y ai vu l'absence d'éclat du mensonge.

Je me suis demandé si elle comprenait, de son côté de la Manche et de l'écran, que je mentais aussi.

Que j'étais double.

Je me souviens avoir pensé à ce que me répétait tout le temps ma mère quand j'étais petit. Que si je continuais à loucher comme ça, j'allais y rester. Voilà. À force de loucher entre la France et l'Angleterre, j'y étais resté, dans l'entre-deux.

Des images se sont mises à traverser mon cerveau en trombe. Sarah en train de pleurer parce que nous nous séparions, sa mère et moi. Susan glacée, un iceberg dans notre appartement à revendre. Iris, incapable de savoir qui était son père et qui ne savait prononcer que maman, maman, maman.

Non.
Je ne remettrai pas en cause ce que j'ai bâti.
Personne ne me le demande d'ailleurs.
Ce que l'on me demande est beaucoup plus simple et plus direct.
Pas sacrifier, non. Ajouter. Additionner.
Et oublier.
J'ai déjà donné mon accord corporel.

« Et toi, tu as passé une bonne journée ? »

Ma femme à nouveau, sur l'ordinateur. J'ai posé mes doigts sur l'écran pour la toucher. Elle a ri. Elle a dit « C'est si dur que ça ? ». J'ai soupiré, j'ai souri faiblement, j'ai répondu « Plus que deux jours », mais je n'ai pas pu m'empêcher de m'étrangler sur les mots. C'était un soulagement − et presque un regret. Susan m'a fait remarquer qu'il restait encore moins de temps que ça. Départ samedi en fin de matinée. Une journée et demie. J'ai relancé la balle. Je lui ai demandé comment ça se passait pour elle. Son rire à nouveau. Elle a répliqué « Pareil ». J'ai sursauté.

Pareil ?

« C'était très bien d'être ici, les trois ou quatre premiers jours. Après, c'est simplement long. Tu te rends compte que tu es bien plus une mère qu'une fille et tout te semble agaçant et sujet à caution. J'ai eu mal à la tête cet après-midi. C'est mauvais signe. Tu me manques. Je serai contente de rentrer. » Je n'ai pas résisté à la rhétorique facile. J'ai répondu « Pareil ». Elle a penché la tête sur le côté. Elle a dit qu'en fait elle n'aimait pas du tout que nous soyons séparés. Et que de me voir sur l'écran, c'était pire que tout. Elle avait l'impression que c'était un document enregistré. Un léger différé. Elle ne m'appellerait pas le lendemain − elle avait décidé de passer la journée seule − à marcher dans les collines ou à traîner dans les magasins. Sa mère avait pincé les lèvres. Elle avait trouvé que ce n'était pas très charitable de sa part, de ne pas passer ce dernier jour aux côtés de ses parents. Susan n'avait rien répliqué.

J'aime les femmes qui se fâchent avec leurs ascendants.
J'aime les femmes qui luttent et refusent.
J'aime les femmes qui cherchent leur place.

J'ai appuyé sur la touche on/off. L'écran s'est éteint. Il ne restait que la maison de mon enfance, cette nouvelle odeur de vieux qui semblait avoir envahi les pièces, et le silence étouffé de l'agglomération autour.

J'ai pris deux Stilnox.
J'ai été précipité dans les draps par les fossoyeurs du sommeil.
Je ne me souviens pas d'avoir rêvé de quoi que ce soit.

*

Aujourd'hui, c'est vendredi. J'ai passé la matinée ici, dans la salle à manger, le nez collé à l'écran, à analyser les chiffres de ventes des différents magasins et à suivre les évolutions de la Bourse. Mes parents étaient partagés entre leur volonté de me faire décrocher du boulot et leur fierté. Parce que avoir un fils qui communique en anglais, ça classe. Ils ont reçu plusieurs visites ce matin et, chaque fois, j'entendais ma mère chuchoter dans la cuisine. Il ne fallait pas me déranger, j'étais *en pleine négociation* ou *au milieu d'une communication de la plus haute importance.* Ensuite, elle glissait la tête dans l'entre-bâillement de la porte, elle me demandait si tout allait bien et elle ajoutait « Mme Courtot voudrait te dire un petit bonjour » – et la Mme Courtot en question avançait, rougissante, poussée par ma mère. À l'arrière-plan, mon père, en train de lever les yeux au ciel.

À midi et demi, j'ai refermé le portable et j'ai claironné que j'en avais fini avec le travail. Ma mère est immédiatement venue m'informer que le déjeuner serait bientôt prêt. Des tomates farcies, parce qu'elle n'en avait pas vu sur mes menus et que donc, elle pouvait se lancer sans avoir à souffrir la comparaison. Elle sifflotait dans la cuisine. Elle parvenait à prendre des vessies pour des lanternes et sa maison pour un havre de paix. Sa famille pour un agglomérat cohérent d'êtres humains aimants et tolérants. Papa est en haut qui fait du gâteau. Maman est en bas qui fait du chocolat. Le grand frère et sa belle-sœur sont à la cave et baisent dans les betteraves.

À un moment donné du repas, j'ai été tenté de mentionner Étienne. De leur demander s'ils étaient au courant, pour son décès. De voir leurs mâchoires s'affaisser et leurs épaules s'arrondir. Je suis persuadé qu'ils savent tout. Je me demande même dans quelle mesure ils ne sont pas au courant que j'ai passé l'après-midi avec Céline. Ma mère a des informatrices partout dans la ville. Mais je suis tranquille. Jamais elle ne racontera quoi que ce soit.

Ma mère n'est romancière que de l'existence de ses voisins. Ce qui l'intéresse dans celle de ses proches, c'est l'omission.

Mon frère a téléphoné au début de l'après-midi. Il m'invitait à prendre un verre en terrasse un peu plus tard. Il était libre comme l'air, parce que sa moitié était allée voir une amie d'enfance à Paris. « Tu vois, je suis un peu comme toi − sans épouse et sans planning. » J'ai décliné, désolé, cela aurait vraiment été avec joie mais j'ai beaucoup de choses à faire aujourd'hui, pour le boulot. « Tu sais, c'est mon dernier jour ici mais les messages s'amoncellent, c'est comme si j'avais déjà repris. » « Tu pars à quelle heure demain ? » « Dix heures cinquante-cinq. » « Je viendrai à la gare. » « Merci. Il faut que vous veniez à Londres aussi. » « Oh tu sais, Céline et l'Angleterre... » « Tu n'es pas obligé de venir avec Céline. » « C'est vrai. » Jérôme a ri avant de raccrocher.

Je savais qu'elle ne dévoilerait rien.
Nous en étions convenus.
Pourtant, j'avais encore un petit doute.
Je la connais si peu.

Je sais déjà que je ne parlerai pas non plus d'Étienne à ma femme. D'une part, parce que Étienne entraîne Céline, et que le terrain est scabreux et miné. Et puis aussi parce que cela permet encore à Étienne d'exister virtuellement. En Angleterre, pour Susan et les autres assistantes anglaises, il continue de vivre en pointillés. Il vieillit, moins vite que la moyenne parce que le souvenir conserve jeune, mais elles imaginent tout de même les premières rides, les coups de canif au coin des yeux, les tempes blanches, le début d'une calvitie. Elles se disent qu'il doit être encore bel homme. Elles l'évoquent très rarement. Au détour d'une discussion à bâtons rompus sur leur année française ou d'une confession sur leurs meilleurs coups. Le nom flotte quelques instants, chargé de ses sonorités étrangères, et il est accompagné par un léger soupir. *Ah... Étienne.* Mais le quotidien balaie bien vite les ectoplasmes et Étienne reprend sa route.

Personne ne peut imaginer un seul instant qu'il soit mort.

De froid.

Sur une voie de chemin de fer.

Moi − si.

Moi. Céline. Jérôme. Fanny. Olivier.

On peut croire que je ne pense pas à lui.

On peut croire que je ne l'ai pas pleuré. Que je n'ai pas été dévasté. Que mes années londoniennes ont créé autour de moi une bulle de verre et que plus rien ne m'atteint. Que mon cerveau ne hurle pas son nom aux moments les plus inattendus. Que ma seule réaction aura été de baiser ma belle-sœur et de faire la nique à la mort.

On peut croire ce qu'on veut.

Je ne croirai que ma belle-sœur.

Parce que ma belle-sœur était là. Qu'elle sait la dose de douleur dans notre orgasme. Qu'elle m'a tenu dans ses bras alors que je voulais la dominer et qu'elle m'a bercé doucement. Qu'elle a vu mon visage dans l'oreiller. Qu'elle sait que pour faire la nique aux défunts, il faut d'abord faire son deuil. Le mien a été violent, rapide et charnel. J'espère que j'ai ensemencé la mort.

Nous ne sommes sûrs de rien.

Nous savons les risques, les pourcentages, les réussites, les échecs.

Alors nous nous sommes regardés hier soir en nous quittant, ma belle-sœur et moi. Un accord mutuel. Nous nous redonnons une chance.

*

Quinze heures.

Un hôtel à trente kilomètres d'ici.

J'ai demandé la voiture à mon père. Il m'a donné les clés sans mot dire. Je l'ai embrassé sur la joue. Cela nous a surpris tous les deux.

Dans la voiture, je me mets à chanter. Cela commence doucement, quelques notes murmurées, une ligne mélodique qui vient du ventre, les paroles sont absentes, elles s'interposent quelques minutes plus tard, alors que la bouche s'est ouverte et que les poumons se sont gonflés pour trouver de l'air et du souffle, la voix commence à dérailler dans les aigus, c'est une rage laide et brute, les cris supplantent peu à peu les mots, je me vois dans le rétroviseur, je suis méconnaissable, je pense à toi, le *London Calling* des Clash, c'était ce que tu préférais, une erreur nucléaire, mais je n'ai pas peur, je n'ai pas peur.

Elle est là, devant l'hôtel, adossée à un pilier. Elle ne prend pas de pose. Elle sait ce qu'elle vient chercher.

Un avenir.

Je sais ce que je viens chercher

Un oubli.

Nous nous noyons ensemble.

SAMEDI

J'ai dormi d'un bloc.

Un roc qui se détache de la paroi et tombe à la mer. Au bout de quelques minutes, il n'y a plus aucune trace de sa chute. Il n'a jamais existé.

Je ne me souviens pas d'avoir rêvé.

Aucune image ne surnage, aucune impression. Je n'ai pas la bouche pâteuse, malgré le vin bu à table hier soir. Je n'ai pas non plus la tête embrumée, ni les muscles douloureux.

Je suis en éveil. À l'affût. Aiguisé. Je n'ai pas été aussi tranchant depuis des années. C'est comme lors du premier départ. L'impression que les yeux photographient chaque détail du décor familial et le classent dans la mémoire. À tout moment, je pourrai rappeler les clichés pris aujourd'hui et je pourrai revenir sur ce samedi-là, jour de retour chez moi. Jour du départ de chez moi. Je sais que c'est un adieu. Je sais que je vais redevenir le coup de vent que j'ai été jusque-là, jusqu'à l'enterrement de mon père qui précédera de quelques années celui de ma mère, la vente de la maison, mon frère et moi en train de fermer une dernière fois la porte d'entrée. Nous resterons silencieux, debout sur le perron. Il fera trop chaud. À l'avenir, il fera toujours trop chaud. Sur le trottoir un peu plus loin, nous attendant dans la voiture, la femme de mon frère et son fils. Le fils surprise. Le fils prodige. Celui que plus personne n'attendait. Ni la médecine ni la famille et encore moins les parents. L'exception culturelle. Il y aura bien eu quelques rumeurs, au départ, des murmures dubitatifs, *si c'est impossible c'est impossible, elle l'a peut-être trompé ou alors ils ont demandé à quelqu'un de* – mais mon frère aura pris de l'assurance, il aura clamé sa paternité, et sa femme aussi, cet enfant, il est de lui et de lui seul alors tout le monde donnera son assentiment parce que tout le monde les aime bien et ils le méritent tellement après tout ce qu'ils ont traversé. Les médecins resteront suspicieux, mais personne n'aura plus besoin d'eux. Quand un miracle survient, les médecins se retirent et laissent la place à la religion. Le fils sera devenu leur prophète.

Je suis prêt avant la sonnerie du réveil. Comme le premier jour du collège. Je n'ai pas fondamentalement changé. Par la fenêtre, je regarde la lumière du matin sur le lotissement.

Je pense à Fanny.

J'ai voulu la voir hier soir.

De retour de la campagne, je n'ai pas eu envie de rentrer tout de suite chez mes parents. Il me fallait un sas de décompression. Arpenter les rues.

Oublier ce qui venait de se produire et les possibles implications futures. Diluer les deux derniers jours, les enfoncer tout au fond du corps, pour qu'ils ne ressortent jamais. Leur aménager une grotte secrète. La marche s'est transformée en hommage. Je suis passé devant le musée d'Art moderne, devant le Café du Musée et devant l'appartement que j'avais partagé pendant si longtemps avec Étienne.

Je suis resté là un bon moment. À essayer de percevoir des échos des mondes disparus. À tenter de retrouver des sensations, des parfums. Mais l'odeur de Céline était partout. J'étais en colère contre moi-même. J'ai repris la voiture. Je me suis garé devant l'immeuble de Fanny et Olivier. Je me voyais sonner à l'Interphone, monter, demander des explications, écouter encore − savoir comment ils repensaient à tout cela, maintenant. Et comment ils me voyaient. Pourquoi ils avaient laissé le silence perdurer. Pourquoi, à la place des mots intimes, l'autre soir, je n'avais eu que des bruits parasites. Des conversations dont ni moi ni eux n'avions rien à faire.

Ils n'étaient pas chez eux.

Quand je me suis finalement décidé à revenir chez mes parents, ma mère m'a indiqué qu'il y avait eu un coup de fil de Fanny pour moi. Ils partaient en week-end à la mer, quelque chose de prévu depuis longtemps, alors ils ne pourraient pas me revoir avant mon départ, ils me souhaitaient un bon retour et à un de ces jours sans doute.

Le repas du soir, nous l'avons pris dans le jardin. Mon père avait décidé d'étrenner son nouveau barbecue. Des brochettes et des merguez. Il s'est cru obligé de préciser que *ce n'était pas de la grande cuisine, hein, mais.* J'ai rétorqué que les Cafés Bleus non plus, ce n'était pas de la grande cuisine, et il a souri, il a dû penser que je me rabaissais trop. Les voisins aussi organisaient un dîner barbecue. Ainsi que les voisins des voisins. De la fumée s'échappait de tous les jardins. Ma mère m'a appris que Jérôme aurait voulu venir, mais que Céline l'avait invité au restaurant inopinément – une de ces petites surprises qui pimentent la vie d'un couple, même après des années de mariage. Ma mère était très contente. Elle avait eu un peu peur, ces derniers temps. L'union entre son fils et sa bru donnait des signes de fatigue. C'est elle qui avait glissé à Céline l'idée du piment, du restaurant, du grain de folie. Le soir tombait sur les pavillons. Je me suis brûlé en goûtant la première brochette.

Il est huit heures du matin maintenant.

Je vais descendre prendre le petit déjeuner.

Jérôme est déjà là, dans la cuisine. J'entends sa voix.

Au moins, il ne m'appellera pas frérot.

*

Je me souviens du premier trajet vers l'Angleterre.

De l'enthousiasme. De l'euphorie. À peine perturbée par les coups d'œil inquiets que me jetait parfois Susan tout en conduisant. Elle se demandait ce qui lui avait pris d'accepter. Elle devinait que ma présence à Londres allait être une source de gêne. De malentendus. Elle se maudissait de sa faiblesse. Elle aurait dû être ferme et terminer cette amourette en quelques formules bien senties. Elle ne s'en était pas senti le courage. À cause de cette phrase que je lui avais dite dans le café. *Tu es ma dernière chance.* Elle avait beau en rire, les mots lui revenaient encore souvent en mémoire. Elle en était arrivée à penser que c'était peut-être vrai.

Personne n'était venu nous souhaiter bon voyage. Les autres assistantes étaient parties la semaine précédente. Susan m'avait demandé, pour mes parents et pour mon frère. J'avais haussé les épaules. J'avais répondu «Je crois qu'ils ne viendront pas». Ils ne risquaient pas, ils n'étaient pas au courant de l'heure – à peine de la date. Je suis parti sans vraiment leur dire au revoir. De la même façon que je les croisais parfois en ville sans réellement leur dire bonjour Sans effusions. Sans embrassades. Quand j'y pense aujourd'hui, je trouve que c'est à peine croyable.

Parce que, aujourd'hui, ils sont là au grand complet et la seule qui manque, c'est cette Susan que j'ai suivie et que je vais retrouver. Près de laquelle je vais respirer mieux. Près de laquelle je vais oublier ma semaine française. Enfouir mon visage dans ses cheveux. Descendre lentement le long de sa nuque. Ma langue qui s'attarde sur ses épaules et puis qui oblique vers les seins. Enfin.

Ce matin, c'est un vrai portrait de famille. Celui que je n'ai pas eu il y a dix ans. Probablement parce qu'il y a dix ans, il semblait plus que probable que je reviendrais un jour. Et s'ils sont là aujourd'hui, sages et presque émus, c'est parce qu'ils savent pertinemment que je ne reviendrai pas de sitôt — peut-être jamais.

Elle est là, bien sûr.
En retrait.
Elle ne regarde que moi.
Je ne regarde que mon frère.
Mon frère et cet étrange sourire qui s'attarde alors que ses yeux sont empreints d'une mélancolie froide qui me ferait presque douter. Sait-il? Sait-il tout?

Je ne serai pas au courant avant quelque temps, pour la moisson de ce que j'ai semé. Un coup de fil excité de Jérôme. Dans trois mois. Nous avons attendu que. Tu sais, les trois premiers mois, il y a des accidents. Alors nous ne voulions pas que. Oui, nous sommes très heureux. Oui, très stressés aussi. Mais c'est bien. C'est bien. C'est tellement bien. Il s'en persuadera en le répétant. Il y a des gens pour lesquels la méthode Coué marche. Il en fait partie.

Et si rien ne change — alors nous nous retrouverons en silence dans un hôtel londonien. Un voyage d'une journée, deux peut-être. Dans les années soixante, les Françaises se rendaient en Angleterre pour avorter. Son trajet sera une dernière ironie du sort. Nous tiendrons bon. Et nous n'avertirons personne. Rien ne filtrera. C'est notre contrat. C'est mon hommage. Mon obole aux sans-abri.

Ensuite, bien sûr, nous ne nous reverrons plus. Des nouvelles de loin en loin. Quelques photos envoyées par Internet. Le gamin, il ressemblera vraiment à sa mère. À treize ans, il passera des vacances à Londres chez son oncle et sa tante parce que c'est important de bien parler anglais pour avoir une bonne place dans la société plus tard. Il tombera amoureux. Il reviendra le cœur brisé. Je lui parlerai. Je m'occuperai de lui. C'est normal. C'est mon neveu, tout de même.

Mes parents font de grands signes avec la main.
Mon frère s'agite également.
Ma belle-sœur reste immobile.

L'orage qui menaçait depuis le matin se décide à crever son abcès. Des gouttes de plus en plus grosses. De la grêle, bientôt. Dans le train, je frissonne. Je suis dans les bras d'Étienne. Sa voix. *Tout ira bien, on ne reviendra plus courir ici, tout s'arrangera, on habitera une grande maison avec nos deux femmes et nos trois enfants, le soleil descendra, il y aura de la douceur, tellement de douceur.*

Le rythme du train me berce lentement. La ville disparaît dans une courbe de la voie ferrée. Je me détends imperceptiblement. Je pourrais même m'assoupir. Me réveiller à Paris, la bouche pâteuse et tous ces visages dans ma tête. Et me persuader que tout cela n'était qu'un mauvais rêve. Mon Dieu. Un bien drôle de rêve. Je n'arrive pas à le retenir. Les images s'effilochent et prennent de la vitesse. Elles s'envolent. Elles s'échappent.

Je me lève précipitamment.
Il n'y a plus personne dans le wagon.
Je descends. Je marche le long du quai.
L'air est humide mais on devine que le soleil va percer bientôt.
C'est juillet. C'est l'été.

Ma femme et mes filles m'attendent.

Cet ouvrage a été composé et imprimé par

FIRMIN DIDOT
GROUPE CPI
Mesnil-sur-l'Estrée

pour le compte des Éditions Robert Laffont
24, avenue Marceau, 75008 Paris
en septembre 2007

Imprimé en France
Dépôt légal : août 2007
N° d'édition : 48329/03 – N° d'impression : 86854